お吉と龍馬

風の出会い

石垣直樹
Naoki Ishigaki

文芸社

「お吉と龍馬　風の出会い」（もう一つのお吉物語）を書くにあたって

「唐人お吉」。人々は彼女のことをこう呼ぶ。

幕末、開国の時代の影に生きた悲劇の女性として、彼女の一生は劇化され、多くの女優がその生き様を演じた。彼女の後半生が不幸であればあるほど、人々はその人生に涙し、「可哀相な女」として悲哀の感情そのままに、お吉の墓に手を合わせて祈った。

「唐人」と人々に嘲笑され、非業の最期を遂げねばならなかった彼女が、死してなお、「唐人お吉」と呼ばれ続けていることに対し、お吉自身はどのように思っているだろうか？

お吉の眠る宝福寺《ほうふくじ》は、文久三年に、第十五代土佐藩主、山内容堂《やまうちようどう》に幕府軍艦奉行、勝海舟が、幕末の英雄と称される「坂本龍馬」の脱藩赦免を巡って謁見を行った場所でもある。

龍馬このとき二十九歳、お吉は二十三歳。龍馬が脱藩赦免をされたと同じ頃、松浦武四郎という人物に伴われ、京都の祇園で芸妓をしながら開国運動に奔走していたとの言い伝えが残っている。

当時の京都と言えば、尊皇攘夷の思想に燃える「志士」と呼ばれた若者や、勝海舟など維新の傑物たちが集い、理想や功名心が渦巻くギラギラとした場所であったに違いない。当時、女性がその中に身を投じるという覚悟の凄まじさは、余人には計り知れないものがあったろう。

何故、お吉は命をかけてまで、開国に奔走する必要があったのか？　それは、異国の地で孤独と戦いながら幕府との折衝《せっしょう》に日々心を砕いていたハリスと、その幕府に利用され、故なき差別と孤独に苦しまなければならなかったお吉との間に生まれた特別な感情が、世の中の矛盾に対する強い反発心と自由への憧れをお吉の中に生起させたからではないだろうか？

この点に関して言えば、龍馬と変わりなき動機と行動力をお吉も持ち得ていた。

龍馬が脱藩赦免をされてから暗殺されるまでの間、即ち、龍馬が維新回天の活躍をした五年間、不思議なことに「お吉」の歴史は白紙のままとなっている。それは何故か？　女性であるが故、時の権力者から疎まれる立場にあったが故に、歴史から抹殺されたという仮説も成り立つのである。

想像してみていただきたい。

今の世の中ほど食べ物も自由も情報もなく、その日の暮らしに人々が精一杯であった時代に、右も左も分からない十七歳の少女は、「国のため」「家のため」「恋人のため」と諭《さと》され、その身を時代に献げることになる。まさに「献身」。お吉には何の罪もない。しかし人々は、そんな少女に「唐人」「ラシャメン」という謂《いわ》れ無き罪を背負わせる。

「何で私がこんな目に遭わなければいけないの」――お吉は思ったことであろう。さぞ、世の中を恨んだことだろう。しかし、聡明で気丈なお吉は、ハリスの境遇にも同情し、尽くし、不安定で脆弱な国情と遥《はる》か彼方にある異国の文化を誰より近くに知ることによって、開国への思いを強く募らせていった。並の女性ではない。

そして、訪れるハリスとの別れ……。誰より紳士であり優しく、お吉を女性として扱い守ってくれたハリス。それは恋人でもなく、まして日本人でもない異国の人であった。

同じ人間であるはずなのに「異人」と呼ばれるハリス。身分の違いで人生が決まり、女性であるが故に理不尽な生き方を強いられるお吉……。無垢《むく》なお吉の心に抱えきれないほどの「矛盾」が影を落とした。お吉が開国運動に傾倒するには十分な理由があったのである。

白紙のままになっているお吉の五年間。それは燃えるような思いに突き動かされた、お吉が自らの意思で生き抜いた、人生で一番輝ける時であったに違いない。あの、坂本龍馬のように……。

坂本龍馬は三十三歳で暗殺され英雄となる。一方、お吉は、燃え尽き、生き延びたが故に不幸な人生を歩むことになる。そして、今に伝わる「お吉物語」は、時代に献身した少女時代と抜け殻のような晩年を描いた内容となっているのである。

時代の悲しさ、人の酷《むご》さ……。様々な教訓を「唐人お吉」は人々に与えてくれている。それは否定し得ない事実ではあるが、お吉自身の人生を振り返った時、果たして真実を伝えきれているだろうか？　そして何より、お吉は本望だったろうか？

お吉の歩んだ歴史に、たった一行「京の祇園で芸妓をしながら開国運動をしていた」という文言を見つけた時、私の中で、「唐人お吉」のイメージが大きく覆《くつがえ》り、それ以来、脳裏から離れることはなかった。もしかしたら、私たちが語り継ぐべきは、時代に翻弄《ほんろう》されながらも力強く常に前向きに生きた、「斉藤きち」という女性の英雄物語なのではないかと……。

お吉伝説に諸説あることは百も承知しているし、今となっては彼女自身にしか真実は分からないだろう。その上で、この空白の「時」に物語を加えることで、「お吉」という女性の真実の姿に少しでも迫ってみたいと思っている。

この物語は、「唐人お吉」と呼ばれる彼女への鎮魂歌である。

目次

第一章　出会い、そして目覚め

春、悠久の別れ

文久二年四月、包み込まれるような暖かな陽射しの中、帰米するハリスを乗せた船を見送る一行の中にお吉はいた。五年前、迫りくる不安に戦《おのの》きながら、ハリスの許へ向かった時と同じ、それは穏やかな春の日だった。

出航する船を見届け、早々に立ち去る幕府の役人を見送ったあとも、お吉は船が見えなくなるまで海岸に佇《たたず》み、ハリスとの五年間に想いを馳せていた。

理由《わけ》も知らされず、言葉も通じないまま強制されたハリスとの出会い……。抗《あらが》うこともままならず、幕府役人からの執拗な要請に応える日々。献身的に看病した日々。人々からの誤解、嘲笑。徐々に理解したハリスの孤独と異国の存在。いつも紳士としてお吉に接し、守ってくれたハリスとの心通う日々、安らぎ……。それら全てが、お吉にとっては、五十年にも匹敵するほどの濃密な時間であった。

お吉は、不思議なほど運命を受け入れていた。威風堂々とした佇《たたず》まいが、ハリスとの日々が彼女にとって誇れるものであることを物語っていた。

しかし、遠い海の彼方に視線を向けていたお吉は、ハリスを乗せた船が見えなくなった瞬間、猛烈な喪失感に襲われ、その場に座り込んでしまっていた。

「悠久の別れ」を実感し、燃え尽き、途方にくれるお吉がそこにいた。

そんなお吉の後ろから、「おめえさんが吉さんかい?」と声をかける男がいた。振り返ると、勝麟太郎こと、のちの幕府軍艦奉行、勝海舟の姿がそこにあった。

勝と吉

従者数名を引き連れ、幕府高官の貫禄を漂わせた勝の登場に、お吉は立ち上がろうとするが、勝はその動作を両肩に手を載せ制止した。そして、正面に回りこみ、視線を合わせるように座り込むと、呆気にとられるお吉を真っ直ぐに見つめ語り始めた。

「こりゃあ、噂以上のべっぴんさんだ!」

思わず子供のような声を上げる勝を前に、お吉は状況が摑《つか》めず「あの……」と問い返すのが精一杯であった。

勝は続けた。「おっと、こりゃ失礼したな。拙者は講武所で砲術師範役を務めている勝ってもんだ。おめえさんの子細はおおよそ聞いてるが、若いのに随分と苦労しなすったそうじゃないか」

何気ない労《ねぎら》いの一言であった。しかし、勝がそう言うや否や、お吉の目から大粒の涙がこぼれ落ちた。張り詰めていたものが一瞬で切れ、お吉は溢れる涙を止めることが出来なかった。決して泣くまいと我慢し続けていたお吉の何年ぶりかの涙であった……。

「おい、おい、何か悪いことを言っちまったかい」

うろたえた勝は胸元から手拭いを取り出すと、お吉に渡した。ハリスに仕えて五年余り……。お吉は、ハリス以外の男性から受けた久しぶりの優しさに、胸のつかえが氷解する温かさを勝に感じた。

お吉が落ち着くのを待ち、勝は続けた。

「お吉さん、おいらも二年前、咸臨丸《かんりんまる》という船でアメリカ国に渡ったことがあるんだぜ。日本なんかと比べもんにならねえ、とにかくでかい国だった。鉄の船、鉄の馬、大砲、何もかもが桁はずれだ。今、攘夷、攘夷だと騒いでいる連中にはそれが分かっちゃいねえ。時代遅れの刀なんか何の役にも立ちゃしねえってのによ」

勝はぶつぶつと呟くと、深いため息をついた。およそ武士からぬ幕臣勝の言葉。それを何の衒《てら》いもなく初めて会ったばかりの女に打ち明けている。常に駆け引きの中に身を置いてきたお吉にとって、とても不思議な光景だった。繊細なハリスとは正反対だが、人としての器の大きさが確かに感じられた。

「あの……私に何か……」

お吉は思い切って勝に問いかけた。

「おっとすまねえ、すまねえ。おいらはすぐに話が飛んじまう悪い癖があってな」

勝は笑いながらお吉に語りかけると、一変して真剣な表情で語りだした。

「いやなにね。さっきも話したが、この国の人間は世界のことが全然わかっちゃいねえ。そういうおいらも、異国のことをもっと知りたいと思ってるんだが、まだまだでな。お吉さんは、そんなアメリカ国の代表のハリスと、一番身近に、何年も一緒にいたっていうじゃねえか。ハリスのおめえさんに対する信頼は相当なもんだったって聞いてるぜ。

そのせいで随分と苦労されたらしいが、これは誰にでも出来ることじゃねえ。異国の人間と心を通わせる日本人なんて、この国に何人もいやしねえ。日本はもっと異国に学ばなきゃならねえと思ってる。その第一歩を踏んだのが、お吉さん、おめえさんだ。

おいらはね、おめえさんに学びたい。おいらの知ってる知識とおめえさんがハリスから聞いた見聞を重ねたい。おめえさんが感じたこと、すべてを知りてえのよ。そしてそれを伝えてほしい。この国のためにお吉さんがやることはたくさんあるぜ。どうだい。悪いようにはしねえ。おいらと一緒に来ちゃあくんねえか。お吉さん、頼む」

勝は一気に話すと、お吉に深々と頭を下げた。余りにも突然の申し出。唐突な勝の言葉。戸惑いは当然であった。お吉が知る幕府の役人は、大義のため、国のためと言っては、人を物のように扱い、いったん用なしと思えば手のひらを返したように冷たい仕打ちを平気でする。「役人なんてそんなもの……」お吉の中では疑うべくもない常識になっていた。ところが目の前の勝は、初めて会った人間に裸の自分を曝《さら》け出し、明らかに身分違いの、しかも女の自分に何のためらいもなく頭を下げている。「こんな人が私を必要としてくれている」お吉には、さっきまで燃え尽きたと思っていた我が身に、再び心の火が灯り、力が漲《みなぎ》ってくるのがひしひしと感じられた。

「私……」

お吉が言葉を発すると同時に、勝が再び言葉を継いだ。

「家のことなら心配いらねえよ。おいらの家は女所帯だし、まあ人の出入りが多いが、おめえさんに会わせたい人も多い。退屈はしねえ。それに、亡くなったが、おいらの父親は〝小吉〟って名前だったんだぜ。お吉さんは他人のような気がしねえのよ」

どうしても一緒に来てもらいたいという勝の思いが、お吉の胸に温かく届いた。

「ご一緒させていただきます」お吉が一言発すると、勝は小躍りしながら「そうか、来てくれるか」と無邪気に喜び、座ったままであったお吉を優しく立たせた。お吉は長身、勝は小男である。立ち上がった二人には頭一つほどの身長差があった。勝は、頭を掻きながら、「これじゃあ、おいらが小吉じゃねえか」と気恥ずかしそうに言った。そんな勝の言葉に、思わずお吉は笑った。久しぶりに腹の底から笑った。

春の陽射しはどこまでも暖かかった。

勝家の人々

お吉を伴った勝一行は、赤坂氷川町にある勝の屋敷に向かっていた。日暮れ時の桜並木は、宴のあとのような少し寂しげな雰囲気を漂わせていた。そんな坂道を悠然と歩く勝の後ろで歩を進めながら、お吉の心には言い知れぬ不安な気持ちがどんどん膨らんでいった。

（はたして、勝様の家の人たちは私を受け入れてくれるだろうか。奥方様はどう思うだろう。私に何が出来るんだろう……）

日々揶揄《やゆ》され、受け入れてもらうことに慣れていないお吉にとっては当然の不安といえた。お吉は、「勝様、私やっぱり……」と不安を隠しきれずに立ち止まってしまった。

そんなお吉の心を全て察するように、勝は振り返らずに言った。

「お吉さん、おめえさんが人を信じられなくなってしまったのは無理もねえ。だが、おいらを信じてここまで一緒に来てくれたんだろ。これからは前だけを見て生きてみねえか。もう一度だけ、人を信じてみたらどうだい」

そう語る勝の背中は、お吉にはとても大きく、頼もしく慈愛に満ちたものに感じられた。

「すいませんでした」お吉の言葉に、「よし、行こうか！」勝は振り返らずに、再び歩き始めた。勝の背中を一心に見つめ、お吉はもう立ち止まることはなかった。

勝の屋敷は、古い建物ながら敷地が広く、門構えが立派で威風堂々とした佇まいをしていた。そして、時勢における勝の存在の大きさを物語るかのように、屋敷の周りには警護の役人が複数取り巻いていた。再びお吉の心に緊張が高まっていった。

門をくぐり屋敷入口まで来ると、「民子、今、けえったぞ!」勝は大きな声で言った。

「お帰りなさいませ」

奥から、勝の奥方である民子が出てきた。民子はお吉の方に向き直り、「お疲れになったでしょう。子細は伺っております。何も心配することはありません。部屋も用意してございますので、とにかくお上がり下さいませ」と丁寧に屋敷の中へ誘った。見ず知らずの女性にもかかわらず、まったく動揺する様子も見せない民子の対応に感心し、お吉はただただ恐縮していた。

お吉の部屋は勝の書斎らしき部屋の隣に用意されていた。勝は、まずはその書斎にお吉を案内した。書斎には、地球儀や時計、計器類、西洋のテーブル、酒、陶器など所狭しと並べられ、書棚には異国の言葉で書かれた書物や、おそらくは大砲、軍艦の設計図と見られるものが積み上げられていた。当時の日本人が初めて見たら、ほとんどが理解不能の物であり、異様な光景に違いない。ただ、ハリスの傍にいたお吉の目には、それが懐かしい風景に映っていた。

勝はそんなお吉の表情を見逃さなかった。

「やっぱりあんたは違う。異国の文化や世界の存在をもう受け入れちまってる。ハリスの旦那から、海の向こうの素晴らしさをたくさん聞いて、あんたも海の向こうに行きたいと思ったんだろ。

海を渡ることは出来なかったのは残念だったが、おめえさんには、その素晴らしさを皆に伝えてもらう仕事をしてもらいてえんだ。今は鎖国だとか馬鹿なことを言っちゃいるが、日本人の一人ひとりがその素晴らしさに目覚めれば、きっと時代を動かすことが出来る。誰もが自由に異国に渡ることが出来る時代が来るって、おいらは信じてるんだ。そうなったら、一緒にアメリカに行こうじゃねえか」

少年のように瞳を輝かせ、お吉を相手に大ぼらを吹いた。そんな勝の無邪気な言葉に、お吉は何だか妙に楽しい気分にさせられた。

お吉に用意されたのは、障子戸を開けると庭が一望出来、日当たりのよさそうな、屋敷の中央に位置する部屋だった。元々は書斎に収まりきれない物を置いていた部屋を急遽《きゅうきょ》片づけ、掃除をして用意された部屋であったが、部屋の片隅の整理しきれていない物の様子からもそれが感じられた。人の心を鋭く読み解くお吉は、寂しい思いをしないようにとの勝の心配りを感じた。

部屋で勝がお吉と話をしていると、「お茶をお持ちしました」と、一人の女性が部屋に入ってきた。

「おう、ちょうどいい、紹介する」と言うが早いか、勝の言葉を遮《さえぎ》るように、その女性は「わぁ、ほんとに綺麗な人だね」とお吉に向かって言った。

お吉が困惑していると、「こ、こら、お順、ちゃんと挨拶をしねえか！」と勝が言った。勝はお吉と初めて会った時、同じような一言をお吉に投げかけている。にもかかわらず、この女性にはそれを困ったような仕草で諫《いさ》めている。お吉にはそれがおかしくて仕方がなかった。

順子は、悪びれる様子もなく、むしろ勝に怪訝《けげん》そうな表情を向けながら、「ごめんなさいね。私は勝の妹で順子と言います。お吉さん、よろしくね」と笑顔で言った。

勝が続けて、「順子は、おいらの先生でもある佐久間象山って人の所に嫁に行ったんだが、この先生、確かに西洋の学問では日本で一番の人なんだが、おいら以上に鼻っ柱が強くてな。注意するんだが、全然聞いちゃくれねえお人で、放言が過ぎて今は蟄居《ちっきょ》させられているのよ。何せ敵が多い方だけに順子を屋敷に一人で置いとくわけにもいかねえし、ここに預かってるって訳だ」と説明を加えた。

すると、順子は男が髭をなでるような仕草をしながら、声色を使い、「わしを誰だと思ってる。天下の佐久間象山なるぞ。この馬鹿どもめが！」と言うと、呆気にとられているお吉に、「って、そんな人だからみんなに嫌われちゃってさ。何が偉いんだか、私にはさっぱりわからない」と続けた。

「こら、象山先生をそんな風に言うもんじゃねえよ」勝が慌てて窘《たしな》めた。

順子はペロリと舌を出し、お吉に笑みを浮かべた。勝以上に自由で奔放な順子に、お吉はすっかり心をほぐされていた。

「よろしくお願いします」お吉も笑顔で答えた。

時間を忘れ、しばらく談笑をしていると、夕食の用意が出来たと民子が呼びにきた。部屋には複数の膳が並べられていた。勝を中心に、順子、民子と順番に座った。お吉が端に座ろうとすると、勝が「お吉さん、そんな端っこに座んなさんな。今日はみんなに紹介するんだ。おいらの隣に座ってくれ」と声をかけた。躊躇《ためら》うお吉に、「さ、早く座って、座って」と順子がお吉の袖を引っ張って言った。

お吉が座ると、「おーい。おめえらも挨拶しねえか」と勝が呼ぶと、年頃の娘が二人とまだあどけなさの残る男の子二人が部屋に入ってきた。四人はお吉の前に行儀良く座ると、「娘の夢子です」「孝子です」「小鹿です」「四郎です」と挨拶をした。お吉が「よろしくお願いします」と応えると、勝は、「これがおいらの家族だ。お吉さんは自分の家だと思ってくつろいでくんな。今日から家族の一人として扱うからそのつもりでな」と主《あるじ》の威厳を示すように言った。

（家族……）お吉にとって、思ってもみなかった、そして、これ以上に温かい言葉はなかった。お吉がそんな想いに浸っていると、前に座っていた長女の夢子が、「お吉さん、異人さんって女の人に優しいって言うけど、ほんと」と、尋ねてきた。「そうね。私が側にいたハリスという異人さんはとても優しかったわ。日本の男の人とはだいぶ違うかもしれないね」お吉が答えると、「ふーん」夢子は何かを言いたげに勝の方を見た。

すると、孝子や小鹿の方から、「異国の言葉は話せるの？」「下田ってどんなところなの」と、矢継ぎ早に質問が投げかけられた。その光景は、好奇心いっぱいの小さな海舟が四人いるようだった。それは、お吉が今までに浴びせられてきた、遠回りな冷たい好奇な態度と違い、清々しいほどの無邪気さであった。

「おめえら、いい加減にしねえか。お吉さんは疲れてるんだ。少し静かに食事をさせてやれよ」

勝は子供たちに言った。すると順子が「何よ。さっきは自分ばっかりお吉さんに言いたいこと言ってたくせに」からかうように言うと、「うるせえ！」と勝が吠えた。そして、その様子を民子は黙って微笑みながら見ているのだった。

お吉は、「いいんです。何か聞きたいことがあったら言ってくださいね」と言いながら、そんな勝家の家族の中に溶け込んでいった。お吉は、ハリスに出仕する前の、貧しくとも楽しかった、下田での家族団欒《だんらん》の日々を思い出さずにはいられなかった。ゆっくりと優しい時間が過ぎていった。

望郷

夕食が済んで風呂に入ったあと、お吉は寝床の中で、夢のようなこの日の出来事を思い返していた。一緒に海を渡りたかったハリスとの悠久の別れ。いったんは燃え尽きた心に希望の光を差し込んでくれた勝との出会い。そして全てを包み込んでくれるような勝家の人々の温かさ……。帰る場所を失ってしまった自分に、降って湧いたような幸運に感謝する一方で、幸薄い人生を歩んできたお吉の心には、抗えない波に飲み込まれていくような言い知れない不安な気持ちも同時に湧き上がっていた。そして、二度と帰らないと誓った、故郷「下田」をしみじみと思い出していた。

お吉が育った下田村は、背後を緑豊かな山並みに囲まれ、眼前に太平洋を望む半農半漁の小さな集落であった。暖かい気候に恵まれたこともあり、人々は大らかで、貧しくとも互いに助け合って暮らしていた。

お吉は海が大好きだった。空はどこまでも広く、キラキラと輝く水面を眺めながら、気がつくと日が暮れていたということも何度かあった。小さな頃から唄や踊りを仕込まれ、十四歳にして芸妓の道に進んだ時も、「これで親を楽にさせてあげられる」とお吉は心から喜んだ。お吉が歩くと誰もが振り返り、男女問わずに羨望の眼差しが向けられた。お吉は下田一の美人芸妓として誰もが羨む存在だった。

鶴松という男性と恋もした。大地震、大津波に見舞われ途方にくれるお吉一家を支え、励ましてくれた優しい男だった。災難や苦労も、この大好きな村と愛する人がいれば何でも乗り越えられる。そう思っていた。そう、お吉の大好きだった海の向こうから黒船が来るまでは……。

国策による開港で静かな村は一変した。総領事が下田に置かれ、幕府の役人が闊歩《かっぽ》し、次々と大きな船が下田に立ち寄るようになると、遊郭が立ち並ぶ通りが出来、金儲けに興味のなかった村の人々も急に色めき、商売人という顔を持つ者が増えると、貧富の差が広がっていった。妬みの心、金への執着。見せかけの豊かさと引き換えに、村人の心は蝕《むしば》まれていった。

奉行所からお吉に声がかかったのは、そんな頃だった。

支度金二十五両、年俸百二十両という法外な金での誘い。もちろんお吉には、いくら金を積まれても鶴松という恋人がいたし、異人の許へ行くことなど考えられるはずもなかった。「そんな所へ行くくらいなら死んだほうがまし」お吉は真剣にそう思っていた。

しかし、役人の誘いは執拗で狡猾《こうかつ》なものだった。家族から顔見知りに至るまで金をばら撒いては、「国のためだよ」「おまえは選ばれたんだ」「親孝行しな」と、もっともらしい言葉で口説き続けた。挙句には、鶴松を武士に取り立てる話まで広がり、信じていた恋人にまで裏切られてしまう始末。

最早《もはや》、お吉の周りには、信じられる人は誰もいなくなってしまった。時代と人の心の醜さが次第にお吉を追い込んでいった……。

そして、いったん異人の許に行ったお吉を待っていたのは、「唐人」「ラシャメン」といった心ない嘲笑、破格の待遇に対する妬《ねた》みで、お吉には、ハリスのところしか戻る場所をなくしていた。まさに不条理そのものであった。ハリスは優しかったが、あれほど好きだった下田の海も、空や山も、お吉の眼には、何か恨めしく見えるようになってしまっていた。二度と帰りたくないはずの故郷「下田」……のはずであった。

お吉は、自分を優しく受け入れてくれた勝家の人びとの温かさの中にありながらも、故郷の海や山を思い出している自分が不思議でならなかった。

幸福の目覚め

お吉にとって、勝家での生活は、人生の中でもこの上なく幸せなひとときだった。

勝はお吉を家族同様に扱い、家族もお吉に優しく、子供たちはお吉に懐いた。特に順子は、勝に似て、江戸っ子気質とでも言おうか、元々落ち着いていられない性格であったので、勝家での生活に少々窮屈さを感じていたのだろう。お吉に江戸の町を案内するという口実を作っては、一緒に出かけることも多かった。祭り見物や芝居小屋巡りなど、お吉にとって初めて見るものばかりであったし、何より、偏見の目に晒《さら》されることのない生活というのは本当に久しぶりだった。

順子は、勝の発案もあり、屋敷の中に私塾のようなものを開いていた。そこには、男女の差別なく、武士や町民も入り混じった子供たちが集まっており、読み書きはもとより、勝家にある地球儀や異国の文明機器、書物などを使い、世界の存在や異国の文明文化などについての講義も行っていた。勝海舟を兄に持ち、佐久間象山を夫に持つ順子は、旺盛な好奇心から、「生きた学問」を自分のものとし、講義の時の順子は、生活の中で見せる屈託のない顔とは違った、人として強い信念を持った、眩《まばゆ》いぐらいの輝きに満ちていた。お吉は、今まで自分を苦しめてきた差別や偏見が小さなことに思えるぐらい、順子に大きな憧れを抱くようになっていた。

お吉は、子供たちに混じって順子の講義を受ける傍らで、片言程度なら話せる異国の言葉や異国文化の素晴らしさを子供たちに説く役割を自然に担うようになっていった。そこには、お吉がずっと想像してきた、身分制度などない自由な異国「アメリカ」があった。日本の中にこんな場所があるという奇跡に感動すらしていた。

勝はというと、日々激しさを増している尊王攘夷の流れの中にあって、幕臣として忙しい日々を過ごしていた。屋敷に戻っても、次から次へと、何々藩の誰々と申すものが、「勝殿に進言申し上げたい」「ご教授賜りたい」「幕府の意向をお聞かせいただきたい」「弟子にしていただきたい」などなど、数え切れないほどの来客があり、短気な勝は、二言三言言葉を交わしただけで、「てめえみてえな石頭に何を言っても無駄なだけだ！　とっとと帰りやがれ！」と乱暴な口調で追い帰すことも日常茶飯事であった。中には刀を抜いて威嚇《いかく》し、警護の者に取り抑えられる輩も少なくなかった。

そんななか、勝が、「おーい、お吉さん。お茶を持ってきてくれねえか」と、お吉を呼ぶことが幾度かあった。これは、勝とお吉との間に交わされた暗黙の合言葉だった。

勝は、自分の眼鏡にかなった人間や紹介したい人間が訪れたとき、この言葉でお吉を呼び、紹介し、時には、お吉の体験を聞かせてくれるように頼んだ。勝が紹介する人物は誰もが開明的な考え方を持っていた。お吉の言葉の一つ一つに深く頷き、差別や偏見の話になると、「そんなことを言ってるから外国から取り残されるんだ」「同じ日本人として全く恥ずかしいことだ」など、同情などではなく、お吉が受けた屈辱に対して自分のことのように怒ってくれる人々ばかりだった。

（命がけでこの国を変えようとしている人たちがこんなにもいる。自分にも、いや自分にしか出来ないことがあるかもしれない……）

そんな思いがお吉の心の中に波紋のように次第に大きく広がっていった。

決心、松浦武四郎との出会い

勝の屋敷に入ってから二か月が経とうとしていた。お吉は、子供たちから、「小順子」などと呼ばれるほど、真っ直ぐに喜怒哀楽を表現できるような女性になっていった。勝家に来た時のような、何かに怯《おび》えたようなところは微塵もなくなっていた。

ある日、勝がいつものように、「おーい、お吉さん。お茶を持ってきてくれねえか」と、お吉を呼んだ。この頃お吉は、勝に呼ばれることを心待ちにするようになっていた。

お茶を運ぶと、そこには、年齢は勝と同じ四十前後であろうか、細面ながら色は浅黒く、頑健そうな何ともいえない優しい表情をした、一人の武士らしき人物が座っていた。

「お吉さん、こちらさんは、松浦武四郎さんと言ってな、今はお役を離れているが、幕府の命で蝦夷地に関しての探査をされていた方だ、蝦夷地って知ってるかい？」

勝は日本地図を指し示しながら説明を続けた。

「何しろこの人は全部自分の目で見ないと納得しない人でな。学問より見聞って言っては、若い時分から、日本中を旅してきたんだが、ロシアが蝦夷地を狙ってるって聞いて、二十六歳の時に蝦夷地に単身で渡ったっていう無茶な人だ。蝦夷地に関しての知識は、今の日本でこの人の右に出る人はいねえだろうな。今はまだ未開の地だが、広大な大地に資源も豊富にある。これからの日本に絶対必要なところさ」

そんな勝の一方的な紹介を意に介さず、松浦は静かに口を開いた。

「お吉さん、あなたは大変いい目をしている。世の無常を知り、哀しみを知っている目だ。苦労されたんだろうね」

突然の松浦の言葉にお吉は息を呑んだ。

「蝦夷地はね、本当に広い。どこまでも果てしなく続く大地と空、そして身も凍るような厳しい寒さ。でも、なぜかそこに住む人たちは優しいんだ。蝦夷地にはアイヌと呼ばれる人たちがいるんだよ」

そう言うと、松浦はお吉の胸の前にそっと手をかざしながら、ゆっくりと、「イランカラプテ」と言った。きょとんとするお吉に向かって、言葉を続けた。

「これはアイヌの挨拶の言葉だが、あなたの心にそっと触れさせていただきます、という意味があるんだ。人と初めて向き合った時、見た目やその人の生い立ちなんか関係ない、まずは心なんだ。私が初めてアイヌの人たちに遭遇した時も、彼らからしてみると異形の私を、快く受け入れてくれた。私はアイヌの人々とも一緒に生活をしたが、彼らは自然をカムイと呼び神と崇め、動物や植物など生き物全てを神の使いとして、その恵みに深く感謝し、自分たちが生きていくために必要な物しか取らないんだ。そして、それを平等に分け合って助け合って生きている。それに比べて私たちが生きている世界はどうだ。生まれた家柄だとか身分だとか、金持ちだとか貧乏だとか、男だとか女だとか……彼らからしてみれば全ては下らないことだ」

お吉には、松浦の言葉が心地よい音色のように響いていた。

「松浦さんはな、そんなアイヌの人たちを守るために、その民族性の素晴らしさと、アイヌ人への役人の横暴を本にまとめて訴えられた。実名で書かれた松前藩の役人どもはたまったものじゃない。何度も命を狙われたようだが、この通り頑固な人だからな。幕府の役人として蝦夷地に渡ってからも、奉行所の仕事はそっちのけでアイヌの人たちと一緒にいたもんで、自分から役人を辞めちまったってお人だ」

勝が割って入ってくると、「勝さん、あんたに頑固とか言われたくないよ」と松浦が応じ、「ちげえねえ」と勝が笑った。お吉も何だかおかしくて笑っていた。

勝は少し真剣な表情で話し始めた。

「松浦さんは、三年前、井伊大老によって勤皇や開国の志をもった人たちが大勢処刑されて以来、開国運動に奔走されているんだ」

松浦が続いた。

「頼三樹三郎君や吉田松陰君、みんな若いが才気に溢れ国を想う若者だった。多少の考え方の違いはあれ、志は高く真剣に国を想っていた。しかるにあんな形で命を奪われることになるとは……。心は、人の心だけは自由であっていいはずだ。言葉や文化が違っても同じ人間同士であることに変わりはない。私はそれをアイヌの人たちに教わったのだ。鎖国、鎖国と言っているが、異国から見れば我々は、私たちから見たアイヌの人々と同じ、未開の地の民であるのと変わりはない。理解出来ない存在を撥ね除けるのではなく、まずは心を通わせること。互いに理解し合うことから始めなければ……」

さっきまでの穏やかな表情から一変し、絞り出すような声で語った。

（大事なのは心……）故なき差別に苦しんできたお吉の心に、その言葉が一筋の光明として届いた、まさにその瞬間であった。

「松浦様、私を一緒に連れて行ってください」

気がつくとお吉は、松浦に懇願していた。余りに突然の申し出に、勝も松浦も一瞬無言になってしまった。

勝が、その言葉に応じた。

「お吉さん、もしこの家に居心地の悪さを感じていねえんだったら、ようく考えた方がいいぜ。松浦さんはこれから京に向かう途中だ。お吉さんも知っての通り、今の京都は、勤皇だ攘夷だと騒いでいる石頭の連中がごろごろしている物騒なところだ。やつらに理屈は通用しねえ。ここにいればおいらが守ってやれるんだぜ」

するとお吉は、「居心地が悪いなんて滅相もありません。生まれてから今まで、こんなに優しくしてもらったことはありませんでした。そんなこと言ったらばちが当たります。私は一度死んだ人間です。世間も人も信じられなくなっていた人間です。その私にもう一度生きる力を与えてくださったのは勝先生です。そして、こんな私にも何か出来ることがあるんだと教えていただきました。松浦様は、私のように差別を受けている人たちのために命がけで戦っていらっしゃいます。同じように差別を受けてきた人間として、私もお役に立ちたいのです。お願いします」と訴えた。

その迫力に勝は驚いた。心の張りをなくし、来た当時は一人で立っているのがやっとであったようなお吉が、「国のため」に不幸な人生を歩んできたはずの女が、ようやく手に入れた平穏な暮らしを自ら捨て、「国のため」に命を賭してまで何かを成し遂げようとしているのである。

その心根が勝には嬉しかった。

「お吉さん、あんた誠の日本人だ！」

そんなお吉に松浦は、開国への歩みがいかに難しく危険なことであるか、京都で何が起こっているかなど、自らの経験談を織りまぜてありのままに語った。だが、そんな言葉にも、お吉の決意は揺らぐどころか、強くなる一方であった。

松浦は大きく一息つくと、「どうやらあなたの決意は固いようだ。京都での活動を手伝っていただければ私も助かります。一緒に参りましょう」

お吉にそう告げた。

書状と短銃と簪《かんざし》のお守り

松浦は勝家に一泊し、翌日は京都に向かう予定になっていた。

旅立ちの日の朝、お吉は勝に呼ばれ、書斎のテーブルを挟んで向かい合わせに座っていた。勝の隣には妹の順子がいる。神妙な面持ちのお吉を前に勝が語り始めた。

「旅立つおめえさんには全てを話しておかなきゃならねえ。落ち着いて聞いてもらいてえんだが、実は幕府からは、ハリスが帰国すると同時にお吉を捕殺せよとの命令が出ていたんだ。ハリスの要望もあって、あんたは交渉の場にも同席をしていたし、知りすぎちまっていた。そして、ハリスの動向を探る役割を仰せつかっていたにもかかわらず、おめえさんはハリス側に立っちまった。ハリスの体調が悪いと言えば、勝手に役人を追い返したり、交渉の合間に口を差し挟んだり、役人というものは、庶民やましてや女子《おなご》などは、自分たちの言いなりに動くものだと決めつけちまってる。大方は苦々しく思っていたんだろう」

そこまで話すと、隣で黙って聞いていた順子が、「ちょっと待ってよ兄さん、私、お吉さんにそんな命令が出ていたなんて聞いてないわよ。大体、女子《おなご》が自分たちの言いなりになるって言い草はないじゃない。男ばかりが国を動かしているなんて考えは驕《おご》りもいいとこだわ」と思わず口を挟んだ。

「うるせえな。話は最後まで聞けよ。おめえが入ると話がややこしくなっていけねえ」

勝が窘《たしな》めると、順子はブツブツと言いながら少しふくれた顔で横を向いた。

「おっとすまねえな。おいらにしたって、今は幕府の要職を務めちゃいるが、元々は食べるのにも困るような貧乏な家の出だ。生まれた家が良かったってだけで苦労もなく出世するような連中を見返すために、死に物狂いで学問を身に付けてきたし、それを自分の目で確かめたくて異国にも渡った。まあそれも、太平の世なら報われなかっただろうよ。

でも今は違う。黒船の出現で国は真っ二つに割れ、身分の上に胡坐《あぐら》をかいていたような人間には、最早どうしていいのかわからねえ。これからは、努力をした人間、自らの意思で決断できる人間、何ものにも囚《とら》われない自由な心を持った人間がこの国を動かしていくんだ。お吉さん、おいらはね、日本人の前に立ちふさがって異人を守るおめえさんの話を聞いたとき、本当に驚いた。こんなにも力強く生きる女子がいるってことにな。

幸運なことに、疎《うと》ましく思っていた連中以外に、肝の据わった、異国の言葉を理解できる女子ということで、何とか利用出来ないかと目論む連中もいてな、おいらはその教育係を申し出て、捕殺命令を取り消してもらったってわけだ」

「兄さんもやるじゃない」またまた順子が口を挟んだ。

「いい加減、人の話にちゃちを入れるんじゃねえ」勝が言うと、「まあ、自分のことは棚に上げて……。血筋だからしょうがないじゃない。ねえ、お吉さん」順子は、全く悪びれる様子もなく言った。

「いいか、お吉さん、ここからの話が肝心だ。よーく聞きな。今話した経緯からも分かるだろうが、おいらの許を離れる以上、今後は幕府から命を狙われる危険がある。

松浦さんは、表向きは、京都の状況や尊皇攘夷派の動きを探る密偵としての役割で京都に行くんだが、あの通り、幕府の言うことを黙って聞くようなお人じゃねえ。自分の信じる道を行くのに便利だって理由だけで役を引き受けているだけだ。おめえさんの命を保証するもんは何もねえ。名目上、お吉さんには、松浦さんの娘〈よし〉を名乗ってもらう。〈松浦よし〉だ。幕府方にはもう届出を出してある。それから、武家、公家、町民を問わず、京都にいる、おいらが信用できる人間には書状をしたためておいた。おめえさんの素性も書いておいたから、いちいち説明もいらねえ、きっと役に立つだろうから持っていきな。本当はこの江戸で、おめえさんが平穏に暮らせるようにしてやりたかったんだがな……」

そう言うと、たくさんの書状の束をお吉の前に差し出した。

(これを、私なんかのために一晩かけて書いてくれていたんだ……)

そう思うと、お吉の胸に熱いものが込み上げてきた。そして勝にこう告げた。

「勝先生、ご安心ください。私はもう後ろは振り返りません。しっかりと前を向いて生きていきます。私の経験が少しでも、この国のために役に立てれば本望です。でも、命を粗末にするようなことはしません。ハリスさんからもこんな物をもらっていますから」

お吉は徐《おもむろ》に荷物の中から小さな短銃を取り出した。短銃には「お吉さんへ」と日本語で書かれた文字とハリスの署名が彫りこんであった。決して誰にも見せるつもりのない物であった。勝はその短銃を大事そうに手に取ると、「こりゃあ大変珍しいもんだ。自分が守ってやれねえ代わりにこれを贈ったんだろう。ハリスのだんなは本当におめえさんのことを大切に思っていたんだろうな。まてよ、ってことは、初めておめえさんに会った時、おいらはズドンと撃たれていたかもしれねえんだな。危ねえ、危ねえ」と胸を押さえながら、わざとおどけて言った。

「まあ」お吉は、思わず微笑んだ。

「お吉さん、人間《ひと》の一生なんてそんなもんだ。どんなに立派な理屈を並べようが、どんな生き方をしようが、生きている以上、一寸先のことはわからねえ。死んじまったらお終いよ。だから、自分に嘘をつくような生き方は悔いが残るってもんだ。お吉さん、おめえさんは人とは違う生き方を選んじまったが、そこに嘘はねえ。自分が信じた道を、思いっきり生き抜いてみな」

ぶっきらぼうだが、お吉にとってこれほど力強い餞別の言葉はなかった。

そのやりとりを隣で聞いていた順子が口を開いた。

「お吉さん、あんたとは短い間だったけど、本当の妹のように思っていたんだよ。これから幸せになれるってのに、何もそんな辛い道を選ばなくってもいいのに……」

少し声を詰まらせながら続けた。

「本当はね、本当はね、お吉さん、強がっていたけど私も本当は怖かった。佐久間象山なんて人のところに嫁いだばっかりに、心休まる日々なんてなかった。今だって、あの人が殺される夢ばっかり見るの。私の好きな人がどんどん離れていってしまう。私にはそれが怖くて、怖くて……」

そう言う順子の手は少し震え弱々しかった。気丈で、子供たちから先生と慕われ、いつも励ましてくれたお吉の憧れの人、順子。そんな順子が、お吉の前で一人の女性として弱音を吐いている。お吉には、なぜかそれが嬉しかった。

震える順子の手に自分の手を重ねながら、「順子姉さん、ずうずうしいけど、私も本当の姉のように思っていました。短い間でしたけど、この家で皆さんに優しくしていただいたこと、一生忘れません。それが私の誇りです。私はこの家でもう一度命を頂きました。私はその命を無駄にしたくないんです。私に出来る精一杯のことをするつもりです」と決意を語った。

順子は、重ねたお吉の手に自らの手をさらに重ねた。

「いいかい。絶対無理をしちゃいけないよ。辛いことがあったらまた戻っておいで。私は、どんなことがあっても、いつまでもお吉さんの味方だからね」

そう言うと、お吉の手を強く握った。そして、お吉に餞別の簪を渡し、「これは私とお揃いの簪。姉妹の証《あかし》だから大事にしてね。江戸に来た時は必ず寄るのよ、いつでも待っているから」と震える声で言った。

「一生大事にします……」

お吉は順子と手を取り合いながらしばらく泣いていた。

勝海舟の書状とハリスの短銃、そして順子の簪。これ以上にない旅のお守りを抱き、お吉の心から不安はなくなっていた。

「そろそろ出立の時だ」

勝の言葉が無情に響いた。

涙の別れ、そして旅立ち

出立のためお吉が玄関まで出向くと、既に松浦が待っていた。そして、民子や四人の子供たちも見送りに出ていた。

「短い間だったけど楽しかったわ。本当はもっと話をしたかったけど残念ね。次に来た時にはたくさん土産話を聞かせてちょうだい」

民子は、そう言うと、そっと餞別を握らせた。口数は少ないが、いつも微笑みを絶やさずに家族を見守っている民子。何も言わずとも受け入れ、一番に気を遣ってくれた人。そんな大きな優しさに、お吉は母にも似た親しみを持っていた。

「本当にありがとうございました」

お吉は感謝の心をとても言葉では伝えきれずにいた。

四人の子供たちはお吉を前に俯《うつむ》いていたが、長女の夢子が「行かないで」と泣きながらお吉に抱きつくと、他の三人もお吉の周りに張りつくように抱きついてきた。「何で行くの」「いやだよ」と泣きながら訴える子供たちの真ん中でお吉も泣いていた。

そんな子供たちを、順子は一人ひとりをお吉から離すと、「こら、そんなこと言うとお吉さんが安心して出立できないじゃないか！」と言いながら泣いていた。

子供たちは、自分たちで作ったお守り袋をお吉に渡した。決して器用に作られたものではなかったが、子供たちの思いが詰まったかけがえのないお守りであった。

そんな光景を見ていた松浦が口を開いた。

「お吉さん、あんた、みんなに愛されているんだね。本当にいいのかい、今なら引き返せるんだよ」

諭すようにお吉に言った。お吉は涙を拭いながら応えた。

「私のためにこんなに涙を流してくれる人がいるなんて、少し前の私には考えられないことでした。だからこそ行きたいのです。私が愛する人たちがいるこの国のために、私は出来ることをしたいのです。この気持ちは誰に何を言われても変わるものではありません」

強く語るお吉の姿に、順子も子供たちも泣くのをやめていた。順子は、「私はお吉さんのそんな生き方、好きだよ。みんなもそう思うだろ」と子供たちに目を向けた。

子供たちは頷いた。そして夢子が「私、お吉さんみたいに強い女の人になりたい」と言った。

お吉が「あら、そんなに強く見えるかしら」と言うと、みんなが笑った。

その笑い声のなか、松浦は懐から木彫りの文様の入った木片を二つ取り出した。それは、鳥のような文様が彫られたものと、熊のような文様が彫られたものであった。そして、熊の文様が彫られたものをお吉に渡しながらこう言った。

「これはね、アイヌの友人から友情の証としてもらったもんだ。昨日話をしたが、アイヌにとって動物は神の使いとして崇められていて、その中でも、フクロウとヒグマは大切な神の化身なんだ。大切な友人からもらった物だから、大切な人に渡そうと思っていたんだが、あなたにあげるよ。何しろ私の娘になってもらうんだからね。勝家の皆さん、この松浦武四郎、責任をもってお吉さんをお預かり致しますので、ご心配なく」

心配する勝家の人々の心を和らげようと気遣う松浦の行動であった。

「よろしいんですか。こんな大切な物を」と言うお吉に、「見せて、見せて」と子供たちが群がった。末っ子の四郎が「ねえ。何でお吉さんに熊の方をあげたの？」と無邪気に松浦に尋ねた。

すると松浦は、「そうだね。私はどこにでも飛んでいく癖があるからフクロウを、お吉さんはとっても強そうに見えるからヒグマを持っていてもらおうと思ってね」と笑いながら言った。

「まあ、夢子ちゃんが強いなんて言うからよ」とお吉が言った。

「私、熊よりは弱くていいわ」と夢子が返し、またまたその場が笑いに包まれた。

お吉は紛れもなく幸福の中にいた。

船上の故郷

勝家を後にした松浦とお吉は、海路で上京するため、共に幕府御用船の中にいた。蝦夷地はおろか全国を旅して回った松浦の見聞は、船にいながらにして、お吉を、日本中を旅して回っている錯覚に陥らせるほどの説得力があった。

そして、幼い頃から芸妓になるために仕込まれ、下田の町とハリスの身の周りのことしか知らなかったお吉ではあったが、極端な世界に身を置いていたせいか、それをすんなりと受け入れる素養を持ちえていた。お吉の胸には、松浦の一言一句が、未知の世界に対する憧れをかきたて、心地よく輝きに満ちたものとして届いていた。

「お吉さん。考えてみると、自分の目で見えている世界って、本当に狭い世界だと思わないかい。人はその中で喜び、悩みながらも生きている。私ほど日本中を旅している人間もそうはいないと思うが、それでも私の好奇心は尽きることがない、むしろ、もっと見たい、知りたい、という願望が次から次へと湧いてくるんだよ。するとね、小さなことで悩んでいる自分が、そのうちにばからしく思えてくるんだ。今、日本は、鎖国だ、開国だと上を下への大騒ぎをしている。そのために、たった一つしかない大事な命がどれだけ失われたことか……」

そう言うと、何かを思い出したのか、松浦は少し寂しげな表情でため息を一つついた。そしてさらに話を続けた。

「人は〝知る〟ということを欲する反面、〝知る〟ということに恐れを抱く。だが〝知る〟ことをしなければ前へは進めない。見た目や素性で差別する心は、その人を本当に知ろうとしない心から生まれる恐れだと思うんだ。だから人はもっと知らなければいけない。

〈世界〉というものを、〈人〉というものをね。そう思うからこそ、私は、蝦夷地でもアイヌの人々と一緒に生活をしたんだ。そして、自然を敬う心、助け合う心、本当にいろんなことを教わった。彼らを知ることによって彼らを尊敬することが出来たし、人として分かり合うことが出来た。そういう意味では、お吉さんは誰にも出来ない経験をされた。誰も知ることの出来ない世界を肌身で感じることが出来たんだ。それは前に進むことであるし、とても素晴らしいことなんだよ」

　そう語る松浦の眼差しは、お吉の心を包み込むようにどこまでも優しく、お吉は、時の経つのを忘れ、松浦の話に聞き入った。

「おーい。風が強くなってきたぞ。進路を変えて下田沖で様子を見よう」

　そんな乗組員の声が、船室で話をしていた二人に聞こえてきた。その声を聞いた松浦は即座に、

「お吉さん、あなたの故郷を私に見せてくれないかい」と言うと、「え……あ、はい」戸惑うお吉の手をグイグイと引っ張って、外へと誘った。

　外は風が強いものの、海の色は澄み切り、空は雲ひとつなく、遠くには伊豆の島々が見渡せる快晴だった。お吉にとって、一時は空や海の青さが、色褪せ、恨めしくさえ見えた時期もあったが、

勝家の人々の優しさ、松浦の心の広さに触れ、それは、眩いほどの景色に変わっていた。それは、子供の頃に時の経つのも忘れ、飽きることなく見続けた、あの大好きだった海や空の青さと同じものだった。

しばらくすると、下田の町が見えるところで船が錨《いかり》をおろした。お吉は、「松浦様、あそこに見えるのが、私が育った下田の町です。そしてあれに見える山が……」と少し強い風に髪を押さえながら、懐かしそうに口にした。嬉しそうに話すお吉の顔を見ながら、松浦も微笑みながら、ただただその話に聞き入った。お吉にとって、海から見る下田の景色は初めてであった。山の緑、海の青、そして、そこに人々が息づく小さな集落、その全てが愛おしく思え、気がつけば、夢中になって話している自分がいた。

お吉が一息ついたところで、松浦は、「お吉さんにとって、下田は、本当に大切な故郷なんだね」と、あの優しい笑顔でお吉に問いかけた。お吉はそんな自分に不思議な感情を抱きながらも、視線の先にある故郷に目をやりながら、少し紅潮した顔で、「はい」と、しっかりとした声で答えていた。

その時のお吉には、何度も下田に引き寄せられることになる、その後の自らの運命を知る由もなく、ただただ松浦の心遣いに感謝をしていた。

京での決意

幕府役人十数名に伴われ、上京した松浦とお吉に与えられた密命は、京都守護職を内命している会津藩の動向を探り、倒幕を目論む不穏分子の特定など、幕府側に逐一報告をすることであった。そして、既にこれら密命を帯びた幕府側の人間が、京都に相当数潜伏をしていたが、二人は、その所在や特定方法、連絡方法などについて事細かに打ち合わせをしながら、京の街に慣れるため、数日間に亘って探索することを命じられた。

何度か京を訪れている松浦に伴われながら、お吉は、つかの間ながら、京見物の機会を得たことになる。お吉は、松浦と共に数々の寺社仏閣を訪れ、積極的に京の街を歩いた。松浦の案内は、まるで自分の本当の娘を扱うように優しく、密命を忘れてしまいそうな穏やかさがあった。

お吉が目にした、寺社などの建物の荘厳さ、整然とした町並み、その全てに下田の町や江戸とは明らかに一線を画する品性が感じられた。それだけに、時折目にした、浪人風の侍が徒党を組んで闊歩する姿や、編み笠を深くかぶり、明らかに素性を隠しながら足早にすれ違う侍の姿などが異様であり、まさに京の街は、殺伐とした緊張感に支配されていた。そして、お吉も、そうしたただならぬ空気を肌身で感じていた。

そんな数日間の探索を終え、松浦に与えられた最初の使命は、幕閣として会津藩邸に潜入し、その動きを逐一報告することであった。

しかし、松浦の世話役として付き添うはずであったお吉はこれを拒んだ。

「松浦様、私がご一緒していても足手まといになるだけです。何のために京まで来たのか分からなくなります。松浦様と一緒に京の街を歩いてみて、日本が容易ならざる事態になっていることを肌身で感じることが出来ました。この上は、さらに京の街に潜伏して、松浦様へのお役目を果たしながら、自分の目と耳、そして心で、自分が出来ることを探しとうございます」

お吉は、はっきりとした口調で松浦に告げた。すると、松浦が少し困ったような顔でお吉を窘めるように言った。

「とんでもない。まったく無茶なことを言うお人だ。あなたは勝さんから預かった大事な身だ、誰も知らない京の街を、当てもなく一人でなんか行かせられやしないよ」

すると、お吉は、勝から送られた書状やお守りを取り出し、それを胸に抱きながら、「大丈夫です。私は勝先生から頂いた書状や、こんなにたくさんのお守りに守られているんです。この書状の宛名の中に一人だけ女の方がいらっしゃいます。船宿の女将《おかみ》をされている方ですが、私、この方を訪ねてみようかと思っているんです。何の後ろ盾もなく、女の身でお侍の世界に入っていこうと思ったら方法は一つしかありません。幸いにも、小さい頃から芸妓として仕込まれてきましたから、そこで置屋を紹介してもらおうと思っています。松浦様のお役に立てるようにいたしますので、どうぞ、ご心配なさいませんように」と、その口調に一切の迷いはなかった。

松浦は、お吉の決心が変わらないことを何度となく確かめると、「お吉さんには負けたよ。つくづく、あなたは人に守られて生きるような人ではないんだね。でも、くれぐれも無茶なことは止めておくれ」と、渋々ながらお吉の行動を許したのであった。

吉と龍、風の出会い

松浦と別れたお吉は、伏見の船宿「寺田屋」の前に立っていた。荷物や人の出入りの激しさが、宿の存在感を物語っていた。お吉は、何かを決した表情で寺田屋の暖簾《のれん》をくぐり、声をかけた。

奥から女将らしき人が出てきた。そして、「私は、この寺田屋の主人をしとります登勢と言います。何か御用でらっしゃいますやろうか」とお吉に告げた。言葉は丁寧だが、女手一つで宿を切り盛りしているのであろう、何事にも動じない芯の強さを感じさせる物言いであった。

そんなお登勢に向かってお吉は、勝からもらった書状を手に取り、「あの実は……」と切り出した。すると、お登勢はその言葉を遮り、「あ、もしかしたら、お吉さん」と、何かを気づいたような顔でお吉に聞いてきた。

「あ、はい。初めてお目にかかります。私、吉と言います。あの……」

「一足早く、勝様から便りを頂いております。きっと、おまえさんの所を頼っていくだろうから、よろしくくって。お吉さんの素性も書いてはりますから、すべて承知しとります。さ、中へどうぞ」

お吉の密命を知っているからだろうか、お登勢は手早く宿の中へと誘った。

(私の行く先まで心配してくれていたんだ)

そんな勝の気持ちに胸が一杯になっていたその時だった。(ぶわっ)お吉の背中に、荒々しい風が通り過ぎるような感覚が突然襲った。

「お登勢さん、いま帰ったぜよ」

その大男は、お吉の後ろを風のように通り抜けると、お吉のすぐ隣に立った。浅黒い肌、着崩した着物にボサボサの髪、そして袴は埃《ほこり》に塗《まみ》れていたが、目だけは異様にギラギラとこちらを睨み付けるように凝視していた。射竦《いすく》められたように固まってしまったお吉に向かって、その男が口を開いた。

「こりゃ、まっことべっぴんさんぜよ。おまん、名前はなんちゅうぜよ」

お吉が戸惑っていると、

「坂本様、失礼ですよ。それに、せっかく新しい着物に着替えてもらったはずやのに、どうしてそんなに着物が汚れてはるんですか。ここでちゃんと埃を払って、足も洗ってくださりませ。ほら、頭に蜘蛛の巣がついてはりますよ」

呆れ顔のお登勢が、まるで子供をたしなめるように言った。大男は、少し気恥ずかしそうに、そのボサボサ頭を掻き、頭の蜘蛛の巣を掃《はら》った。

「こりゃすまん、すまん。せっかくの新しい着物が台なしじゃのう。京の街は、新しい着物と同じで、わしにゃ品がありすぎて窮屈じゃ。そこん寺で侍同士が、攘夷じゃ、開国じゃと揉めちょったき、巻き込まれちゃかなわんで、縁の下に潜り込んで見ちょったがよ。

侍なんちゅうもんは、たいした話もせんのに、最後は刀を抜いて己の意見を通そうとしよる。結局は、幕府の役人に追われるようにして逃げよった。わしも縁の下から出ようとしたんじゃが、余りにいろんな人が通るもんで、見ちょったら、これが面白うて、面白うて、縁の下から見る世の中もなかなかなかぜよ。気がついたら、一日縁の下におったたっちゅうわけじゃ」

その男は、子供が新しい遊びを見つけたように無邪気に、そして得意気に語った。そして、呆気にとられるお吉に気づき、お吉の正面に回りこむと、

「こりゃ、すまんぜよ。わしゃ、土佐脱藩浪人、坂本龍馬ちゅうもんじゃ。脱藩の身じゃが、今の世の中、何が正しくて、何が間違っちょるか、この目で確かめたくて放浪しちょるところじゃ」

警戒心なく発せられる龍馬の言葉に、「坂本様、もう少し小声で……」お登勢は龍馬を気づかったが、「すまん、すまん、脱藩の身じゃということをすっかり忘れちょった」

お登勢の忠告もまるで意に介していない様子である。

(脱藩。捕まれば死罪になるはず、それなのになぜこんなに堂々と……この人は侍？)

余りに堂々とした龍馬の言動が、お吉の頭を少し混乱させていた。

「私は吉と言います。下田そして江戸で、アメリカ国の総領事、ハリス様のもとにおりました。江戸では勝麟太郎という幕府役人の方にお世話になっておりましたが、今はお役目により京に参って

おります」

お吉は、お登勢が止める間もなく、まさに言わなくてもいいことを言ってしまった。勝気なお吉が常人とは違う、龍馬が発する何かに反応してしまっていた。「あ」言ってしまったあと、お吉は強烈な後悔と気恥ずかしさに襲われた。

龍馬は、そんなお吉の気持ちを知ってか知らずか、「ハリスって、あの黒船に乗っちょる異人のことかや。勝麟太郎と言えば、そのアメリカにも渡ったことのある、幕府に勝ありと言われちょる人じゃろう。こりゃたまげた。お吉さん、そん話、もう少し詳しく聞かせとうせ」

龍馬はお吉の手を取ると宿の中に引っ張っていった。もはやお登勢には、そんな二人を見守るしかなかった。

それは、まさに、一瞬の風のような出来事だった。

交差する心と光

龍馬は、寺田屋の二階奥の部屋にお吉を引っ張っていった。どんどんと進む二人の後ろを、主人であるお登勢は付いて行かざるを得なかった。龍馬の頭の中は、お吉に対する興味で一杯だったのである。

部屋に入ると、龍馬とお吉が向かい合って座り、お登勢が二人の間に割って入る形に座った。

「お吉さん、ハリスとはどがいな人物なんじゃ」

龍馬はせっかちにお吉に質問した。お吉は少し怒った顔を龍馬に向けた。

「いきなり聞かれてもお答え出来ません。私は、坂本様というお名前と、土佐を脱藩されたということ以外、あなたのことを何も知らないのですよ。私は、勝先生のご紹介で、この寺田屋のご主人であるお登勢様を訪ねてきたのです。大体あなたは、この寺田屋さんとはどういうご関係なんですか」

お吉が言葉を荒らげた。龍馬は、なるほどと言わんばかりに、腕組みをしながらお吉の話に頷いた。

「その通りじゃ、お吉さんの言うちょることは筋が通っちょる」

龍馬は、まるで他人事のようにお吉に言った。

「私は……」龍馬に反論をしかけるお吉に、「お吉さん、このお人に何を言わはっても無駄。一つのことに興味を持つと周りが見えなくなるお人やから……。坂本様とこの寺田屋とのご縁は私が説明致します」

むきになるお吉を見かねて、お登勢が割って入った。

「この人はね、ちょうど三日前、この寺田屋の前で大の字で横たわっていたの。行き倒れならともかく、侍にしては余りに無防備だし、空を見ながら何か考え事をしてはるようだし、当然、通りかかる人も気味悪がって近寄らしまへん。そのうちにいなくなるやろうと思うてたら、ずっとそのままやし、辺りが暗くなってきたから、見かねて声をかけたんよ」

するとと龍馬がその後に続いた。

「ゆうても、まあ行き倒れみたいなもんじゃ。もっと世の中を見たいゆうて脱藩をしたものの、気づいたら無一文になってしもうての、腹が減って、腹が減って、いっそのこと、動かんかったら腹が減らん思うたち、大の字になったがよ。大の字やったら、手も足も身体も頭もぜんぶ地べたに預けて、なーんも動かさんでもええ思うての……。藩を抜けるときに、わしゃ天に命を預けた。地に身体を預けて天に問うてみた。じゃけんど、どがいしたらよいか、お天道様に相談したはいいが、暑いだけで、なーんも答えちゃくれんかった。けんど、お登勢さんが声をかけてくれたときは、まるでお月さんに見えたぜよ。これもきっと天の導きじゃな」

何とも他人事のようなふざけた言い草ではあるが、龍馬は大真面目な顔をしている。

お登勢は、そんな龍馬の言葉に一息つくと、「ね、お吉さん、こんなお人やの。でも、不思議とほっとけなくてね。気に入った人の面倒をみるのは私の唯一の道楽でね……。世間じゃ、尊王やら攘夷やら騒いではるけど、私にとっては、その人の身分や考え方なんてどうでもええの。自分が信じるに値する人であれば、それで十分。余り出世しそうもない人やけど、このお人の心には嘘がない。侍なのにちっとも侍らしくない、そこが気に入ってね。それだけどす」とサラリと言ってのけた。

「そりゃ、ほめられとるんかのう」

龍馬は頭を掻きながら少しだけ照れているようであった。

（三日前に会ったばかり、行き倒れ……、何でそんな人の面倒を？）

お吉の心はまたまた揺れた。そんな心の動きなど知る由もなく龍馬が口を開いた。

「お吉さん、わしゃ、江戸で黒船を見た。あがいな鉄の塊が海の上に浮いちょることも不思議じゃったが、そん時に撃った大砲の威力ゆうたら、皆腰を抜かしちょった。そがいなもんを海から撃たれたら、江戸の町はひとたまりもないぜよ。最初はわしも〝攘夷じゃ〟ゆうて意気込んではみたもんの、近づけんかったら、刀なんぞ何の役にもたちゃあせん。こないな時に、剣術の稽古をしていてええもんか、わからんようになったがよ。

土佐じゃ、わしの幼馴染みの武市半平太っちゅう男が、土佐勤皇党いうもんを結成して、わしも血判を押したが、勤皇、勤皇ちゅうて、異国が攻めてきた時のことなど何も考えちゃあせん」

龍馬は、心のままをお吉に伝えた。

「それで、脱藩を……」

お吉は龍馬に興味を持ち始めていた。

「まずは異国のことを知りたいと思うたち、西洋のことに詳しい、河田小龍という先生のところに教えを乞いに行ったんじゃ。最初は相手にされんかったが、〝教えてもらうまで動かん〟ゆうて座り込んだもんじゃから、最後は根負けじゃな。

鉄の船もそうじゃが、何百里も走る鉄の車や、夜でも昼のように明るく照らす光……。まるで夢の話のようじゃった。その中でも、わしが一番驚いたんは、殿様を、侍だけじゃなく、町人や農民も含めて、みんなが入れ札で決めるっちゅうことじゃ、土佐じゃ、侍も上士、下士に分かれちょったが、上士にとって、特にわしら郷士などは虫けら同然じゃった。いくら剣に強くなろうが、いくら学問を頑張ろうが、土佐におっては報われん。上士の機嫌ひとつで切り捨てられてしまうんじゃ。そがいなことを考えながら、桂浜で海を眺めちょったら、無性に海の向こうの国に行きとうなったがよ」

（この人も差別と戦っていたんだ。そして、きっと自分自身と戦っている……）

お吉の中に、龍馬への共感の気持ちが広がっていった。思えば、自分の気持ちを押し殺した日々。勝家の優しさ、松浦の心の広さに触れ、抑えていた感情が溢れ、涙したものの、それは自らの哀れみに重なる感情であった。こんなに正直に、感情的にぶつかっていけた相手はいなかった。龍馬にそれが出来たことの意味をお吉は悟った。

（この人、わたしに似てる……）

眩《まばゆ》いばかりの龍馬の光が、お吉の心を照らし始めていた。

共鳴

お吉は自ら、自身の素性や境遇について龍馬に語った。

幕府役人の狡猾な手口によって引き裂かれた恋人との別れ、信じていた家族や隣人の裏切り、世間知らずの少女が抗えるはずもない権力の横暴、人の心の脆《もろ》さ、醜さ。そして、そんな境遇のなかで触れた、異人と呼ばれる人の優しさ。言葉の通じない異国の地で戦うハリスの孤独と、自分の国にいながら孤独になっていったお吉の孤独が共鳴し、男女の関係というよりは、魂の繋がりで結ばれた絆と信頼……。

お吉は龍馬に、今に至る心の動きを丁寧に、そして客観的視点に立ち、まるで語り部のような口調で冷静に語った。そこには、あれほど感情的に龍馬に突っかかっていったお吉は最早いなかった。

（同情なんていらない。人は言葉や肌の色なんかじゃない。私は誰よりもそのことを知っているの）

お吉の心の叫びが聞こえてくるような言葉が続いた。

龍馬はお吉の正面に座り、腕組みをしていた姿勢を解き、両手を膝の上に置き、少し前傾姿勢になりながら、その一言一句を聞き逃すまいと、一切の言葉を挟まずに、じっとお吉の話に耳を傾けていた。そこには、あの豪放磊落《らいらく》な男の姿はなく、師に教えを請う弟子の姿のような龍馬がいた。

龍馬の目には、差別の中に身を置きながらそれを嘆くでも愚痴るでもなく、国のため、人のためへと心を砕くお吉の姿が、神々しく映っていた。龍馬もまた共鳴していた。

ハリスとの別れに至るまでの話を終え、お吉が一息つくと、待ちきれない様子で龍馬が問いかけてきた。

「お吉さん、ひとつ聞いてもええじゃろうか」

お吉は、ハリスの側近として幕府との交渉の場にも同席していたため、幕府の実情や思惑を推測できる立場にいたし、お吉にしか知りえない事情も多々あった。龍馬からは、幕府の内情に関する質問があるものとお吉も身構え、「どうぞ、何なりと質問してください」と龍馬に告げた。

龍馬は、お吉の目をじっと見つめ、「どうしても一つだけ分からんことがある。こん国と、その人に裏切られ続けたはずのあんたが、なぜそがいに国のために動こうとしちょるんじゃ。お吉さんにとっちゃ、国も人もくそったれじゃろう。あんたを動かしちょるもんは一体なんなんじゃ」そう問いかけた。

（え……幕府や異国のことじゃなくて私を動かすもの。私の心……）

お吉は少し拍子抜けをしたものの、肩の力が抜け、素直な心で龍馬に向き合っていた。

「そりゃ一時は、この国を捨てて海の向こうに行ってしまいたい……。そう本気で思っていました。でも、短い間でしたが、勝先生とそのご家族と一緒に過ごさせていただき、忘れかけていた、人の優しさや温もりというものを思い出したのです。人はやはり人によって生かされている。

そして、私にとって、やっぱり故郷は故郷でした。これから、どんな辛い目に遭おうと、裏切られようと、この日本という国は、切っても切り離せない私の根っこなんです。私はもう、逃げたくないんです」

お吉は龍馬にありのままの気持ちをぶつけていた。

龍馬は、我が意を得たりといった表情で両目を大きく見開くと、両手を大きく一つ叩き、お吉の両肩をむんずと掴み、驚いた表情のお吉に向かって、

「ほうじゃ、根っこじゃ。まっことそん通りじゃ。そして人じゃ、人を動かすんは、やはり人じゃき。そん思いが人を強くするんじゃ。じゃが、わしの根っこは土佐じゃない、日本という国じゃ。お吉さんもそうじゃろう」

抑えきれない、ほとばしる感情のままに龍馬が吠えた。

そして、その迫力に一瞬硬直したお吉ではあったが、子供のように声を上げる愛すべき龍馬の人間性にすっかり引き込まれ、「はい」と、その言葉に大きく頷いていた。

「こうしちゃおれん。どがいしても勝麟太郎という人に会わずにゃおれんようになってしもうた。お吉さん、お登勢さん、わしゃ江戸に行くぜよ」

今にも飛び出しそうな龍馬の言葉に、黙ってそのやりとりを聞いていたお登勢が、溜め息混じりに龍馬に言った。

「まったくせっかちなお人やこと……。坂本様は一文なしの脱藩浪人というお立場なんですよ。幕臣である勝先生にお会いするなんてこと……脱藩は御法度のはず、すぐに捕まって、土佐へと送り返されるかもしれまへんよ」

お登勢の言葉に、龍馬はまったく怯《ひる》む様子もなかった。

「勝先生に会えるか会えんか、捕まるか捕まらんか、そりゃわしの運命じゃきに。なんもせんと捕まるよりはましじゃ。今動かんかったら、何のために脱藩までしたか分からんようになるがよ。お登勢さんに拾うてもろうたのも縁、ここでお吉さんに会えたのも縁じゃ。尊王じゃ、倒幕じゃ、開国じゃ、攘夷じゃと騒いじょるが、今のわしにゃ自分の進む道ですら分からん。

じゃが今は、お吉さんをこがいに強い人にした勝麟太郎いう人物に会いたいんじゃ。こん気持ちは本物じゃ。わしにとっても一生の出会いになるかもしれん」

龍馬の力強く、いつになく真剣な表情に、お登勢は胸をポンと一つ叩くと、「わかりました。当座の路銀はこの寺田屋が用意させていただきます。勝先生の方へは私からも手紙を書いときますが、勝先生は、何事も、人の言葉より自分の目で確かめられるお方どす。あとは坂本様の運次第ですよ」

お登勢の言葉に、「十分じゃ。坂本龍馬、この恩は一生忘れんぜよ。ほんにお登勢さんはわしの月じゃ、お天道様じゃ」と龍馬は子供のようにお登勢に抱きついた。

（ふう。まったく坂本様にはかないまへんな……）

そんなお登勢の表情の横で、ただただ可笑しく、お吉は笑っていた。

翌朝、寺田屋を後に足早に江戸に出立する坂本龍馬の姿があった。

京、燃ゆる時

龍馬が旅立った日、お吉は、お登勢から京の情勢について知りえる限りのことを教えてもらい、幾松という芸妓を紹介され、彼女の許を訪れていた。幾松は、尊皇攘夷思想の過激派として知られる長州藩の中心人物、桂小五郎の馴染みの芸妓で、幕臣勝と繋がりがあり、幕府の密命により動いていたお吉にとって、それは、まさに敵中に飛び込んでいく無謀な行為でもあった。

お吉は、幕府の密偵としての役割以外、素性も含めて幾松に正直に語った。

安政の大獄による吉田松陰の死以来、桂小五郎、久坂玄瑞、高杉晋作ら松陰門下を中心とした長州藩の活動は、「尊皇攘夷」の名の下に、日々過激な方向へと突き進んでいた。大義のためには「死」をも美徳とする「志士」の行為は、幾松にも理解出来ず、「ただ、生きていてほしい」と願う女性の心が桂を支えていた。

そして、そんな幾松にとって、お吉が説く「開国への思い」は、安易に過激な行動で攘夷に走る桂らの抑えになってくれるのではないかと考えていた。何より、お吉の人柄、強さに魅かれたこともあって、桂にお吉を紹介したのであった。

お吉に会った桂もまた、「幕府に人生を狂わされた女性」「異国の状況に詳しい女性」としてお吉を捉え、倒幕、攘夷に利用しようと、幾松を通じ、同志が集う座敷には、必ずと言っていいほど、お吉を呼ぶようになっていった。

お吉は、幾松から一字を貰い受け、「吉松」の名前で京の祇園で芸妓として働くようになってい
た。しかし、座敷においてのお吉は、桂の思惑とは裏腹に、幕府役人や異人に対する恨み言など一言もなく、むしろ、異国文化の素晴らしさ、国を開くことの必要性を説くなど、攘夷思想とは反対のことを話すばかりであった。

「おのれ、異人の手先になりおったか!」お吉の話に激昂し、血気に逸《はや》った者がお吉の喉元に刀の切っ先を向けたこともあったが、その刀の先にあるその者の目を見つめ、一切怯むことなく、お吉は話を続けるのであった。

お吉の生きてきた人生が、出会った人びとが、お吉を強い信念を持った女性へと変えていた。桂は、そんなお吉を当初は懐柔しようと考え、お吉に説き続けたものの、逆に進言、苦言を返されることとなり、やがて声をかけることは少なくなっていった……。

しかしその一方で、桂を言い負かした女子《おなご》、肝の据わった面白い女子がいる、という評判が広がり、その容姿と共に、お吉の存在は、「志士」の間で有名になっていった。

しばらくすると、「吉松を一目見たい」と、連日のようにお吉は座敷に呼ばれるようになっていった。お吉にとっては、どんな理由で呼ばれるのかなどは関係なかった。どの藩の者であれ、どんな身分の者であれ、心の信ずるままに説き、そこに一切の迷いもなかった。最初は好奇心でお吉のところに訪れた者も、やがて、その揺るぎない強さ、信念に圧倒され、最後にはお吉に敬服し、

教えを請う者まで現れるようになっていったのである。燃ゆる思いに動かされたお吉の姿がそこにあった。

しかし、そのお吉の行動は、京中に潜伏していた幕府役人の知るところとなり、お吉は松浦の下に呼び戻されることとなった。お吉には、幕府側からあらゆる嫌疑がかけられることになったものの、松浦の必死のかばい立てもあり、幕府の詮議を何とか免れることができた。

そして、松浦が潜伏していた会津藩においては、政治総裁職を拝命した福井藩主、松平春嶽の勧めもあり、藩主、松平容保《かたもり》が京都守護職を拝命。十二月には藩兵千名を伴って入京を果たし、これによって、松浦の幕府からの役目も終わろうとしていた。既にこの頃、松浦とお吉が上京して半年が経過していた。

文久三年正月、そんな二人の許に、幕府軍艦奉行並の肩書きとなった勝麟太郎が、軍艦「順動丸」にて神戸の港に入ったとの報せが入った。

再　会

勝からの書状により、報せを受けた松浦とお吉は、数日後には、勝の待つ神戸の宿へと到着した。神戸村は、沖合いに順動丸らしき大きな船が見えるものの、下田の村に似た漁村であり、お吉の頬には潮風が懐かしく感じられた。緊張しながら宿に入ろうとする二人の上から、「おーい、ここだ、ここだ。待ってたぜ」二階から身を乗り出しながら、手を振る勝の姿があった。

久しぶりに見る恩人、勝の元気な姿。お吉は、込み上げる思いを抑えられなかった。足早に宿に入ると、待ちきれんばかりに、勝のいる部屋へと子供のように駆け登っていった……。

「勝先生！」

気がつくとお吉は、勝の目の前まで無心で駆け寄っていた。そして松浦は、そんなお吉の姿を後ろから微笑みながら見ていた。

息を弾ませながら現れたお吉の顔をじっと見つめながら、「懐かしいねぇ、元気だったかい、お吉さん。京都に行って、また一段と美しくなったんじゃねえか」

勝は、いつもの調子でお吉に話しかけた。

「はい。先生もお元気そうで」嬉しそうに話すお吉の後ろから、「ゴホン」松浦が咳払いをしながら、「私のことも忘れないでおくれよ」そう言って、二人の間に割って入ってきた。

「すいません」お吉は恥ずかしそうに後ろに下がり、勝と松浦は、そんなお吉の姿を見て笑っていた。

松浦とお吉は、勝の正面に座ると、肌で感じた京都の状況をつぶさに語った。勤皇倒幕の中心となっている長州藩の動きが日々過激になっていること、対する佐幕側は、会津藩が中心となって、全国から有志の浪士を集い、その守護に当たらせようとしていることなど、長州藩士ら尊皇攘夷派の近くにいたお吉と、佐幕側の会津藩に潜んでいた松浦ならではの情報であった。

二人の話を聞いて、

「異国が攻め入ろうとしてるってのに、国を二つに割って何をしているんだか……。こうしてる間にも時代はどんどん進んでるってのによ。松浦さん、お吉さん、おいらはこの神戸に、海軍操練所を作るつもりでいるんだ。異国と対等に話し合いをするためには、どうしても力が必要になってくる。黒船に対抗するには、こちらも黒船が必要だ。そしてそれを操れる人材もだ。

これからの世の中は、身分なんざ関係ねえ。この日本という国を思う者が国を守り、そして、国を変えていくんだ。この海軍操練所はその第一歩になる」

そう語る勝の目は自信に満ち溢れていた。

（やっぱり、勝先生はすごい人）お吉もその話に聞き入っていた。

松浦が口を開いた。

「日本もやっと海へ乗り出していく時が来たってことだ。海軍操練所か。勝さん、あんたらしい発想じゃないか。私に出来ることがあったら言っておくれよ」

「ありがてぇ。松浦さんには是非力を貸してもらいてぇんだ。それにしても、さすがは松浦さんだ、お吉さんには久しぶりに会うが、何と言うか、江戸にいた頃とは見違えるような明るさと強さを感じる。きっと松浦さんの導きが良かったんだろうな」と勝が続けた。

すると松浦は、「冗談じゃないよ勝さん、この人は私の言うことなんか少しも聞いてくれやしないよ。こっちは娘が出来たって喜んでいたのに、私が止めるのも聞かず、上京してすぐに芸妓になってしまうし、行く先では無茶ばかり。大変な人を預かってしまったよ」と、少しおどけた風に勝に返した。

そんな二人の会話に、お吉は恥ずかしそうに俯きながら、「すいません」と小さな声で答えるのだった。

勝は含み笑いを浮かべながら、「お吉さん、あんたのことはお登勢さんから手紙で知らせてもらっていたから、京でのことは大方知ってるよ。それにしても無茶したねぇ。攘夷、攘夷と叫んでいる連中の大半は、身分の低い武士や浪々の者たちだ。国の一大事に自らの立身出世を夢見てやがる。本当に国のことを考えている人間がどれくらいいるってんだ。そういう意味では、お吉さん、あんたのような人間が誠の志士と呼べるんじゃねえかと思うぜ。まあ。少々無茶しすぎだがな」

そんな勝の言葉にも、お吉の気恥ずかしさは増すばかりであった。そしてお吉は、何かを思い出したように勝に尋ねた。

「勝先生、ご家族の方々はお元気でしょうか。順子さんは……」

「ああ、みんな元気だよ。お吉さんにも会いたがっていた。そういえば、順子の旦那の佐久間象山先生も、つい十日ほど前に蟄居が解けてな。あの先生、蟄居させられたくらいでは変わらないだろうが、今頃は夫婦水入らずで会っている頃だろう」

その言葉を聞いたお吉の目からは、湧き上がる感情を抑えきれずに、大粒の涙がこぼれ出ていた。

（良かった……）大切な人の思わぬ朗報に流れ出た涙だった。

「順子もおめえさんのこと、ずっと気にしてたぜ。ほれ、涙を拭きな」

勝は、お吉に手拭いを渡した。

お吉は涙を拭いながら、勝と初めて会った時のことを思い出していた。絶望と暗闇のなか、初めて触れた人の優しさ。あの時の涙は、自らの孤独を憂う哀れみの涙だった。それが今、大切な人のために涙を流している。私はもう孤独なんかじゃない……。お吉の心は、その温かい涙の意味に満たされていた。

まさにその時であった。「勝先生、勝先生」その大声と共に、（ぶわっ）、お吉の背中にかつて感じたことのある荒々しく懐かしい風が吹き抜けた。気がつくと隣には、あの龍馬が立っていた。相変わらず埃っぽい着物を着崩し、目だけがギョロリとこちらを向いている。

お吉が唖然としていると、「お吉さん、お吉さんじゃろう。ほんに会いたかったぜよ。相変わらず綺麗じゃのう。お吉さんのお陰で、わしゃ勝先生と出会えたがよ。今は先生に命を預けちょる身じゃき。なんじゃ、なんじゃ、お吉さんも先生に弟子入りするがか」

余りに突拍子もない龍馬の言葉に、お吉は吹き出してしまった。

勝と龍馬、お吉にとっては再び人生を変える再会だった。

新たな絆、そして恋

「龍さん、まあ座んなよ。お吉さんとは会ったことがあるから紹介はいらねえな。こちらは、前にも話したことあるだろう。あの松浦武四郎さんだ」

勝が松浦を紹介すると、龍馬は松浦の前に座り、「こりゃえらい失礼をしました。わしゃ、土佐脱藩浪人の坂本龍馬ちゅうもんです。今は勝先生のお世話になっちょります。松浦さんは蝦夷地のことに大変詳しいと聞いちょりますが、わしにも蝦夷地のことを教えてくれますろうか」

相も変わらず真っ直ぐな龍馬の言葉が、お吉には可笑しかった。

「おい、おい。会ったばかりでそりゃねえだろう。まったく、龍さんはせっかちだな」

勝が困ったように龍馬を諌《いさ》めると、松浦は、「勝さんの弟子だけあって、面白い御仁じゃないか。私の知っていることでよければ何でも教えてあげるよ。だが、勝さんに何か大事な用事があったんじゃないのかね」と龍馬に尋ねた。

すると龍馬は、胸の前で両手を大きく叩き、

「そうじゃった。そうじゃった。お吉さんに会えた感激ですっかり忘れちょった。勝先生、海軍操練所に入る土佐藩士を連れてまいりました。ここに通してもいいじゃろうか」

そう言うと、勝が言葉を発する前に、「おーい。みんな、先生を紹介するきに。入っちょいで」

龍馬が言うと、奥の廊下の方から十名ほどの若侍が、龍馬の後ろに並ぶように現れ、一人ひとりが名と自らの身分、素性を勝に話し始めた。その中には、龍馬の甥である高松太郎、共に脱藩をした沢村惣之丞、「まんじゅう屋」こと近藤長次郎、龍馬が「亀」と呼ぶ弟分の望月亀弥太、千屋寅之助ら、身分も違えば、脱藩浪士も混ざってはいたが、いずれも龍馬を慕い、志に燃える目をした土佐の若者たちであった。

勝は、「龍さんが連れてきただけあって、みんないい面構えじゃねえか。よし、これからはこの勝がまとめて面倒をみらあ。ただし、おいらの海は甘くはねえぜ。しっかりと学んでもらうから覚悟しときな」と彼らに告げた。

その横で龍馬が、「ありゃあ。以蔵がおらん。亀、どがいしたがよ」と望月に尋ねた。

「それが、やっぱり京に帰るゆうて、下から上がってこんのです」

「何を言うてるがじゃ。勝先生、ちょいと見てきますき」

龍馬はそう言うと、以蔵の待つ下の階に降りていった。以蔵は、今にも飛び出しそうに宿の玄関口に腰掛けていた。

「以蔵、早く上がってこんか。何を迷っちょるがじゃ」

龍馬が以蔵に話しかけると、以蔵は振り絞るような声で、「坂本さんには世話になっちょる。土佐におる頃より、こんなわしを、以蔵、以蔵とかわいがってくれた……。じゃが、坂本さんは刀の時代が終わる言いよる。わしから刀をとったら何も残らんき。武市先生は、そんなわしを必要だと言ってくれちょるんです。わしゃ、もう何人も人を斬ったがです……。わしの手は血で汚れちょる……。もう戻れんがです」と龍馬に訴えかけた。

龍馬は、「ほいたら、なぜここまで来たがじゃ。おまん自身が変わりたいと思うたからじゃろう。時代が変われば、人も変わるんじゃ。こんままじゃ、おまんが向けた刃は必ずおまんに返ってくるがよ。人は変われる、必ず変われる。そうじゃ、ちょっと待っちょれ」

そう言うと、再び、勝らのいる二階に上がっていった。そして、お吉の手を取り、「お吉さん、悪いがちょっと付きおうてくれ」と言うと、訳が分からずにいるお吉を引っ張って、再び以蔵のいるところに戻っていった。

「以蔵、お吉さんじゃ。こん人は、女子《おなご》の身でありながら、攘夷派の連中を相手に、たった一人で開国の道を説いた人じゃ。刀にも負けない強い心を持った人じゃ。

それも、国に騙《だま》され、人に裏切られ、わしらにゃ想像もつかん苦労をしちょる。本来なら国のためになど動くはずのなかお人じゃ。ええか以蔵、人は変われるんじゃ。刀などなくても強くなれるんじゃ。おまん、お吉さんに恥ずかしゅうないがか」

お吉が口を開いた。

「以蔵さん。私には子細は分かりません。ただ、勝先生は信じられるお方です。私も先生に、人の道というものを教えていただきました。先生にお会いしなければ、世の中を恨み、今でも一人ぼっちだったと思います。それに、坂本様も、あなたのためにこんなに一所懸命になってくれているじゃありませんか」

以蔵は京の街で暗躍した男である。目の前の女性が、志士の間で評判になっていた、祇園の芸妓「吉松」であることを瞬時に理解した。以蔵にしても、噂に聞く、「侍にも屈しない強い女」は、一度は会ってみたい女性であった。

しかし実際に目の前にしたお吉は、「強い」といった想像とは程遠い、儚《はかな》げで美しい女性であった。以蔵は、そんなお吉にすっかり心を奪われていた。以蔵は、真っ直ぐに見つめるお吉の視線を下に逸《そ》らしながら、俯《うつむ》き加減に「坂本さんの言う通りにしますき」と、呟《つぶや》くような声で龍馬に言った。

「わかってくれたか、以蔵。そいでええきに」

龍馬は以蔵の肩を抱きながら、勝らの待つ二階へと上がっていった。途中、お吉に聞こえないように、「おんしゃ惚れたな」と龍馬は以蔵の耳元で囁《ささや》いた。そんな龍馬のからかいにも、以蔵は終始俯き、言葉を返すこともなかった。

以蔵を前にした勝は、

「おめえさんが岡田以蔵か、京では随分と活躍だそうじゃねえか。だがな、人を斬るということは自分を斬ることになるんだぜ。今は分からなくても、そのうちに必ず分かるようになる。どうでい、その刀、おいらに預けちゃみねえか」

そんな勝の言葉に以蔵は、腰にかけた刀の鍔《つば》に手を置きながら、「勝先生、わしゃ刀一本で生きてきた男ですき。この刀はわしの魂じゃ。船乗りになるつもりはないがで、わしに出来ることと言ったら、先生の用心棒ぐらいですろう」

一歩も引かない様子で勝の目を睨んだ。張り詰めた空気が漂うなか、すかさず龍馬が二人の間に入っていった。

「勝先生、今の以蔵にゃ、刀がすべてですき。じゃが、わしらと一緒に海に出れば、きっと変わってくれゆうと思うちょります。この通り、先生の側に置いちょってください」

龍馬は勝に頭を下げた。そんな龍馬の姿を見て、以蔵も慌てて勝に頭を下げた。

勝は、「わかった、わかったよ龍さん。以蔵とやら、これから見ること、聞くことは、おめえさんが生きてきた世界とは全く別の世界だ。それを全く違う世界と見るか、これから自分が生きていく世界と見るかは、おめえさん次第だ。おめえさんはまだ若い。いくらでもやり直しは出来る。しっかりと自分の目で見極めるんだな」と、以蔵に優しく声をかけた。

希望に燃えた者、不安を抱える者、自らの人生を探そうとする者、そしてそれを導かんとする者、小さな恋……。勝と龍馬、そしてお吉の人生も巻き込んで新たな絆が生まれようとしていた。

出航前夜

土佐藩士らを新たな弟子として迎えることとなった勝一行は、数日後には江戸へ向けた出航を控えていた。

海軍操練所の設立を画策する勝は、そのわずかな間をも利用し、京にいる公卿と会う手はずになっていたため、宿を留守にすることになっていた。

勝は、留守の間の取り仕切りを龍馬に、また、松浦やお吉には、基本的な航海術などを学ぶ合間を利用し、松浦が全国を旅して回った見聞や蝦夷地のこと、お吉の経験や異国の情報など、弟子たちに伝えてくれるよう頼んで宿を後にした。

松浦の見聞は、まさに、彼らの心を日本中に旅立たせた。蝦夷地のことなどは、皆が初めて耳にする話ばかりであったので、これには、予想通り、龍馬からの質問攻めはひどく、時に松浦を閉口させたほどだった。

皆一様に、「まだ見ぬ世界」への思いが募り、「海へ」の思いも膨れあがっていった。

また、男ばかりの集団の中にあって、お吉の存在は唯一の癒しになっていた。人の目を気にしてきたお吉は、誰よりも人の気持ちが分かる女性だった。落ち込んでいる者がいれば積極的に声をかけ、笑みを絶やさなかった。いつしか、誰もがお吉に恋慕の情に近い感情を抱いたのである。

そんな数日が経過し、出航の前日、勝も宿に戻り、翌日の出航に向けた打ち合わせのため、勝の部屋に龍馬らが呼ばれた。そこには、松浦とお吉の姿もあった。

「明日出航するが、おめえさんたちには、船の上で学んでもらうことになる。海の上じゃ、ちょっとの気の弛《ゆる》みが命取りになる。気を引き締めて、しっかりと頼むぜ。

それから、松浦さんとお吉さんとは、ここでお別れだ。貴重な話をたくさん聞かせてもらったと思うが、よくお礼を言っときなよ」

勝がここまで皆に告げると、近藤が勝に尋ねた。

「勝先生、お二人とも京での役割を終え、これから江戸に戻られると聞いちょります。なぜ、一緒に行けんのですか」

勝は、「もっともな話だが、明日出航する順動丸は軍艦だ。残念だが、女子は乗れない決まりだ。船には、幕府側の人間も乗ることになる。そりゃ無理な話だ」と近藤に答えた。

すると龍馬が手を上げた。

「勝先生、女子がだめじゃったら、お吉さんに男になってもらうっちゅうのはどうじゃ」

突拍子もない発言に、勝も当のお吉も言葉がなかった。

「太郎、加尾殿からわしに送られてきて、おまんが預かっちゅう荷物があるじゃろう。それをここに持ってきてくれ」

甥の太郎は、龍馬の言葉に従い、奥の部屋から木箱を運んできた。その箱を開けると、中には袴や羽織、頭巾や大小の刀など、すぐにでも旅立てるような品々が納められていた。

龍馬は、その品々が手元にある由来を語り始めた。

「こりゃわしの幼馴染みで平井収二郎さんの妹の加尾殿から送られてきたもんじゃ。加尾殿とは幼い頃から一緒に遊んだ仲なんじゃ。頭もええし、剣の腕も立つ、わしゃ脱藩の際に、加尾殿に男になってもらって、一緒に旅をしよう思うて、これを用意するよう手紙を書いたんじゃ。それが、収二郎さんにばれてしもうて……。龍馬は物を知らんアホじゃから付き合うなっちゅう手紙まで書かれよったがよ。

結局は加尾殿のところには行けずじまいじゃった。ほいたら、これが加尾殿から太郎宛に送られてきたんじゃ。中にゃ、もう会いとうないゆう手紙まで添えてあった……。何もそがいに怒らんでもええ思うがの」

龍馬には、女心は理解の外であった。その木箱をお吉の前に差し出すと、

「どうじゃお吉さん。これを着て、わしらと一緒に来んか！　どうせわしら下級武士は、素性などあってないようなもんじゃ。吉蔵とでも名乗ればええじゃろ」

龍馬は、お吉に迫った。

それを見ていた勝は、「おい、おい、龍さん、そりゃ無茶苦茶だ。お吉さんにだって相当の覚悟がいることなんだぜ。それに男の格好をさせるなんて……」

すると、黙って聞いていた以蔵が一歩前に出た。

「先生、お吉さんはわしが守るき」

いつも無口な以蔵が自ら口を開いた。

「以蔵、おめえはおいらの用心棒のはずじゃねえのか。いつからお吉さんの用心棒になったんだい」

勝が言うと、少し気恥ずかしげに以蔵が後ろに下がった。

しかし、次の瞬間、「お吉さんと一緒に行かせてください」「勝先生、お願いします」誰が言うともなく、そこに居合わせた者が口々に勝に進言した。

その様子に、お吉が口を開いた。

「勝先生、わがままは承知でお願いします。私ももう少しこの方たちと一緒にいたい。皆と同じ船で、同じ海を見てみたいんです。私も連れてってください」

お吉は、勝に懇願していた。

すると松浦が、「勝さん、あんたの負けだよ。お吉さんは皆にとって、大切な仲間になったんだ。最早、男だとか女だとかという理屈では切り離すことは出来やしないよ。あきらめるんだね」

笑みを浮かべながら勝に言った。

「ちげえねえ。これ以上反対したらおいらが悪者になっちまう。いいだろう、皆一緒に明日出航しよう」

そんな勝の言葉に、俄《にわ》かに歓声が上がった。そして、その歓声の直中《ただなか》でお吉はいつもの笑顔で、少しだけ涙を浮かべていた。

第二章　新たな絆の船出、運命の嵐、そして覚悟の上陸

機転

出航の日の朝、勝一行は、早朝から順動丸への乗船準備に追われていた。龍馬は、夢にまで見た航海が目の前に迫っていることに、朝からそわそわと落ち着かない様子で、「落ち着かん」「じっとしちゃおれん」と言っては、作業の先頭に立って皆の周りをぐるぐると回り、すぐにでも船に乗りたい感情を抑えきれないようであった。

一方、望月、近藤らは、初めての航海に緊張の色は隠せず、強張《こわば》った表情で黙々と作業をしていた。そんななか、作業もせず、勝の側を離れようともしない以蔵に、近藤が文句をつけた。

「岡田さん、皆が作業しちょるというのに、なぜ手伝わんがですか」

すると以蔵は、「わしゃ、勝先生の用心棒として雇われちょるんじゃ。そがいな仕事は饅頭屋がしちょれや」

近藤を挑発するように言葉を吐き捨てた。

「なんじゃと」

近藤が食って掛かるのを望月、千屋らが抑えた。岡田以蔵と近藤長次郎は同い歳ではあるが、以蔵は足軽の出でありながら、その剣の腕一本で「人斬り以蔵」として名を馳せた男であり、対して、近藤は武士ではなく饅頭屋の息子であるが、その聡明さから、江戸で学問と砲術を学び、容堂侯にも認められ名字帯刀を許された男である。光と影、刀と学問、同じ侍というには、余りにも正反対な道を歩んできた二人であり、反発は必然であった。

そんな様子に勝は、

「いいかげんにしやがれ。おう、以蔵、海に出りゃあ、刀なんぞ何の役にも立たねえぜ。己の命も皆の命も船の上じゃ、一蓮托生、それが船の上の掟だ！

もし船が沈みそうになったら、そんな時でも刀を磨いているつもりか！　こう見えても、おいらは直心影流免許皆伝の腕前だ、ただの用心棒ならいらんぞ！」

少し興奮した様子で以蔵に吠えた。以蔵が、「上等じゃ」と言って勝の言葉に続こうとした、その時である。

「おーい。みんな、新しい仲間の吉蔵を連れてきたぜよ」と龍馬が駆け寄ってきた。

龍馬の後には、髪の毛を下ろして後ろに縛り、平井加尾から送り返されてきたという、袴や羽織、大小の刀を身につけたお吉が恥ずかしそうに立っていた。その凛々《りり》しい姿に、先ほどの緊張した空気が一瞬にして和らいだ。

「おおー」「似合うのー」「男惚れするのー」

あっという間にお吉は彼らに囲まれた。

勝は、「お吉さん、中々似合ってるねえ。こりゃあ、女子がほっとかないよ」

そんな勝の言葉に、「勝先生、からかわないでください」お吉は頬を赤く染め、俯いた。

すかさず龍馬が、「どうじゃ、以蔵、お吉さんの侍姿、おまんからも何か言うちょりや」

以蔵の気持ちを確かめるがごとく、お吉を以蔵の前に押し出した。

「以蔵さん、どうですか？」

お吉が以蔵に尋ねると、あれほど殺気立っていた以蔵が、明らかに顔を赤らめ、「似合うちょる」

と小さな声で一言発した。

「そうじゃろ、そうじゃろ」

その声を掻き消すような大声を上げ、龍馬が皆に告げた。

「これで仲間が全部揃うた。これからどがいなことがあろうと、わしらは仲間じゃ！　勝先生と共に、新しい日本のために海へ出るがじゃ！　まずは江戸へ向けて出航じゃ！」

龍馬の言葉に、「そうじゃ」「やるぜよ」「仲間じゃー」皆が口々に鬨《とき》の声を上げた。

龍馬の機転にただ一人気付いた勝は、その大きな背中を眺めながら、

（龍さん、ありがとうよ）

心の中でそう呟いていた。

江戸へ、富士の誓い

「順動丸」は、幕臣の他、勝麟太郎直轄の龍馬ら土佐藩士十数名、そして、松浦とお吉を乗せ、神戸の港を江戸へ向けて出港した。

船の上にあっては、幕府軍艦奉行並である勝こそが法律であり、勝の独壇場で物事が決められた。世を忍ばねばならない龍馬ら脱藩浪士にとって、これ以上に頼もしいことはなかった。しかし、幕臣の中には、龍馬らの存在を認めたくないという思いを抱く者も多く、それは至極当たりまえのことであった。

龍馬らを庇《かば》い立てし、重用しようとする勝と、脱藩者など認めようとしない幕臣との間には、明らかな不信感が横たわっていた。勝の気苦労が分かる龍馬には、それが何よりも重荷になっていた。そして、そんな空気を察し、勝に気兼ねした龍馬らは、自らの役割以外、自然と船底の部屋に籠《こも》りがちになっていた。お吉は松浦の付き人として、行動は別にしていた。

誰より海を愛し、船出を夢見ていた龍馬。そんな龍馬が船底に籠っていることも限界に達していた頃、お吉が部屋に呼びに来た。

「坂本様、皆さん、急いで船の上まで上がって来てください。勝先生がお呼びです」

その声に龍馬は船上へと駆け上がっていった。そして、他の者も龍馬に続いた。息を切らし、龍馬らが見たものは、澄み切った空と駿河湾洋上から望む富士山であった。

「富士じゃー」「絶景じゃのう」「なんて大きいんじゃ」

目に見える富士は、その裾野まで雪化粧がほどこされ、陸地に鮮やかな白がその存在を雄大に物語っていた。

「でかいのう。富士は、何事にも揺るがんのじゃな……。海から見る富士は、まさに日本の国そのものじゃ」

感慨深げに呟く龍馬の隣に勝が立った。

「龍さん、初めて会った時、確かおいらにこう言ったよな。〝わしゃ、富士山のような、でっかい男になるんじゃ〟と。おいらは、そんな龍さんが好きになったんだ。その気持ち、今でも変わってねえよな」

籠りがちになっていた龍馬の気持ちを察した勝の思いやりが詰まった言葉だった。

「勝先生、わしが初めて江戸へ剣術修行に行ったとき、あの富士山に誓ったことは、日本一強い剣士になることじゃった。それがいつの日か、日本に富士ありと言われるように、でっかい男になることが夢になっちょった。いつもわしの胸には富士山があったがです。誰に何を言われようが、富士山は日本の富士山じゃ。それは揺るがん。

わしゃ、土佐の坂本龍馬じゃない、日本の坂本龍馬になりたかったんじゃ、じゃきに脱藩したがじゃった。それを忘れ、何を卑屈になっちょったんじゃ」

龍馬は勝に本音をこぼした。

「龍さんよ、身分や立場に縛られてるのは何も龍さんだけじゃねえぜ。このおいらにしたって、軍艦奉行並なんて役職は幕府から与えられたもんだ。腹切れと言われれば、明日にでも死ななきゃならねえ。侍の世界なんて所詮はそんなもんよ。おいらは逆に、そんなもんに縛られねえ、おめえさんたちが羨ましく思ってんだ」

どこまでも優しい勝の言葉であった。その話を横で聞いていたお吉が口を開いた。

「わたしにとって、勝先生が仰ぎ見る富士の山なら、坂本様は、その横で温かい日差しをくれるお天道様です。坂本様には、いつもお天道様の下で笑っていてもらいたい……きっとみんなもそう思っているはずです。坂本様に船底は似合いませんよ」

龍馬は、遥《はる》か彼方に聳える富士山の頂上を見据え、「そうじゃのう、お吉さん。わしゃ間違うちょった。日本の坂本龍馬となる日まで、わしゃもう下を見ん。お吉さん、ありがとうの」まるで自らに言い聞かせるように、お吉に礼を言った。

勝が続いた。

「ようし、みんな、何でもいい、あの富士に誓いを立てようじゃねえか！」

勝を真ん中に、龍馬らは富士に向かい合った。その遥《はる》か頂きを望み、それぞれが胸の中で誓いを立てた。剣で身を立てたい者、学問で身を立てたい者、唯々日本の行く末を案じる者、故郷に思いを馳せる者……。富士へかける心の誓いは様々であったが、その眼差しは同じ富士を見つめていた。

千載一遇、運命の嵐と大鵬丸

順調な航海を続ける順動丸であったが、伊豆半島の南端に差し掛かる頃、ポツリ、ポツリと小雨が降り始め、俄かに強い西風が吹きだした。

「先生、大分雲行きが怪しくなってきました、嵐になるかもしれません」

甲板に出て様子を見ていた望月が、勝や龍馬らのいる部屋に報告に来た。

勝は、「そうか、どうりで揺れやがると思った。まあ、今回は、訓練を兼ねた航海で急ぐ旅じゃねえ。下田港で風待ちするから、船長にそれを伝えてくんな。皆にも落ち着いて行動するように言ってくれ、本物の海を体験するにはちょうどいい機会だ、しっかりとな」と命じた。

「はい」

力強い返事を残し、望月は部屋を後にした。

（下田港……）お吉は、思いがけない故郷の名を耳にして少し戸惑いの表情を浮かべた。すると、そんな気持ちを察した松浦がお吉に優しく声をかけた。

「嵐が不安なのかい？　でも、そのお陰で故郷の近くに立ち寄れるじゃないか。京へ行く際、お吉さんが嬉しそうに私に話してくれた下田のこと、あの素晴らしい景色。私ははっきりと覚えているよ。お吉さんが下田を思うように、下田もお吉さんに来てもらいたいのかもしれないね」

松浦の言葉に続くように、勝がお吉の後ろから、肩をポン、ポンと二度叩いた。

嵐の中で聞いた故郷「下田」の名。そんな状況が、吹っ切れていたはずの故郷への思いの底にある不安をお吉に思い出させていた。その気持ちを瞬時に理解し、さりげない言葉で包んでくれる松浦の言葉、そして、いつもなら雄弁に語る勝が見せた、無言の優しさ……。お吉は、二人の父親に見守られていた。

強まる風雨を避けながら、順動丸は伊豆下田の港に入った。下田港に入る頃には雨は上がったものの、まるで下田に封じ込めるかのように、強い西風は相変わらず止む様子もなかった。そして、霧によって視界が見えにくくなっていた。

天候を見に甲板に出た勝と龍馬が見たものは、霧の先に浮かぶ、順動丸に匹敵する大きさの蒸気船「大鵬丸」であった。

「龍さん、見てごらんよ。ありゃあ確か筑前福岡藩の軍艦〈大鵬丸〉だが、あの三葉柏の家紋は山内家のもんだ。土佐藩が他藩の軍艦を借り受けてまで航海してるということは、間違いなく、江戸にいる容堂侯の一行だ。こりゃあ、下田の町は土佐もんでいっぱいだ」

（容堂……）勝の言葉に龍馬は息を呑み、家紋を掲げる旗を睨むように凝視した。

上士、下士といった土佐の身分制度の中では、容堂侯の機嫌ひとつで命を奪われた同胞もいた。上士に道を空け、ひれ伏す悔しさのなかで、「いまに見ちょれ」と、容堂のいる天守閣を仰ぎ見た日々……。龍馬の中で、脱藩をした時の気持ちが沸々と蘇ってきた。

龍馬は、率直な気持ちを勝にぶつけた。

「勝先生、うまくは言えんが、わしゃ、もう逃げとうない」

「逃げるつもりなんて毛頭ねえよ。それどころか、ひょっとして龍さん、早くも天が与えてくれた好機かもしれれんぞ」

勝は悪戯っぽい笑みを浮かべながら、龍馬に向かって話しかけた。

「はあ。天が与えてくれた好機ですか?」龍馬は首を傾《かし》げた。

まさに龍馬を捕らえようとする土佐藩士が闊歩する下田の町が目の前にあり、そして、後方には、すさまじい西風が吹き荒れている。龍馬には、勝の言葉の意味がにわかには理解出来なかった。

「おーい、近藤、近藤はいるか」

勝は近藤長次郎を呼び寄せた。

「近藤、おめえさんに少し頼みがある。これから、小船で下田の町へ上陸してほしいんだ。下田は狭い町だ、上陸すれば誰に聞いても容堂侯一行の滞在先や人数などは分かるだろう。おめえさんは土佐藩から武士に取り立ててもらったほど、容堂侯や藩士の者たちにも覚えがいいはずだ。滞在先に訪ねていって、側近の一人にこう言うんだ、幕府の軍艦奉行並の勝の門下に入って、風待ちで下田へ入港したが、天下に名高き容堂侯様が上陸されているとあっては、上陸するも聊《いささ》かご遠慮にて、食料などの調達を頼まれて一人で上陸した、となｏ必ず、容堂侯の耳に入るように配慮するんだぜ」

「承知致しました」

近藤は、勝の一言一句を真剣に聞き取ると、早々に身支度を済ませ、上陸用の小船に乗って下田の町へ上陸したのであった。

時を同じく、前土佐藩主山内容堂を乗せた大鵬丸は、側用役の乾《いぬい》退助（後の板垣退助）、寺村左膳ら上士三十三名、下士三十名などを供に、品川沖を出航。大坂へ向けた途中、荒天に阻まれ、伊豆下田の宝福寺に滞在を余儀なくされていた。

血気盛んで、気性の荒い乾は、「いつまで容堂様をお待たせするつもりか！　これしきの風雨で立ち往生するとは、何のための蒸気船であるか！」と、周囲の反対を押し切って出港を試みるも失敗……。あやうく難破しそうになり、命からがらに、ここ宝福寺に引き戻されていた。乾は、無理に出航を勧めたばつの悪さに加え、自らも体調を崩し、下田の「角谷」という船宿に閉じ籠っていた。そして、「鯨海酔侯《げいかいすいこう》」と自ら称し、常に酒を携えていた容堂侯もまた、下田の寺に閉じ込められている苛立《いらだ》ちを抱え、酒量も増していた。

これから待ち受ける運命が、維新回天の英雄を世に送り出すきっかけになるとは知る由もなく、嵐は一向に収まる様子もなかった。まるで互いの糸を手繰り寄せるように……。

覚悟の上陸——絆の陣形——

下田に上陸した近藤は、容堂侯の滞在先が宝福寺であることをつき止めると、側近の一人である樋口真吉の許を訪ねた。

樋口は、下士の身分ながら、容堂侯の信任が厚く、一方で、私塾を開き、数多くの志士を土佐勤皇党へも送り出すなど、下級武士にとっては、面倒見の良い父親のような存在であり、龍馬とも絶大な信頼関係によって結ばれていた。

近藤は、龍馬らが共に乗船していること、勝から指示された言葉そのままを伝えた。近藤にとっても、樋口という人物は、駆け引きなど必要ない、土佐藩においては一番に信用できる男であった。そして、樋口も、勝の真意を即座に理解し、近藤を部屋で待たせた。

樋口は容堂に拝謁し、順動丸の入港と、幕府軍艦奉行並、勝麟太郎が乗船していること、容堂侯に遠慮して上陸せず、港で待機していることなど告げた。

容堂は、朝から酒を煽《あお》り、瓢箪《ひょうたん》を片手に、床柱に寄りかかりながら、樋口の報告を淡々と聞いていた。樋口が報告を終えると、徐《おもむ》ろに口を開いた。

「世に聞こえし、あの勝が参ったというのか、面白い、ちょうど退屈していたところじゃ。どれだけの人物であるか、わしが直々に見てやろう。

樋口、勝に宿を用意してやれ、そして、わしが謁見を所望していると伝えるのじゃ」

「はっ、仰せのままに」

樋口は足早に近藤の待つ部屋に戻り、容堂侯の意向を伝えた。近藤は、その意向を伝えるため、順動丸に戻るべく、部屋を飛び出していった。そして樋口は、乾退助らが寝込んでいる船宿「角谷」に使いを送り、容堂侯様の命により、勝に宿を明け渡すように、と申し渡した。

この処置は、上士という身分に胡坐をかき、嵐の中を強引に出航させた乾退助に対する、樋口の悪戯心であった。容堂侯の命とあっては宿を明け渡すほかはなく、風邪気味の乾は、泣く泣く宿を追い出される破目となったのである。

順動丸に戻った近藤は、勝に、宿を用意した上で、容堂侯が謁見を所望していることを告げた。

それを聞いた勝は、「よくやった近藤。そうかい、そんなにおいらに会いたいって言っているのか。天下の容堂侯に頼まれたんじゃ、いやとは言えねえやな。龍さん、土佐もんがうろつく下田へ、おめえさんをやるわけにはいかねぇ。ちょっと用事を済ませてくるから、悪いが、順動丸で待機しててくれねえか」

勝の言葉に何かを察した龍馬は、「先生、下田の用事って何ですろう?」と、すかさず問いかけた。

すると勝は、「まあなんだ。おめえさんの脱藩の件なんだが、うまくいけば容堂侯に会って、許しを得られるかもしれねえしな」と事もなげに言った。

幕臣とはいえ、「軍艦奉行並」の役職の勝が、今では幕府にも意見を述べるほどの影響力を持つ一国の主を相手に、一脱藩浪人にすぎない龍馬の脱藩赦免を申し出ようというのである。そんな師の心意気に龍馬は震えた。

「先生、わしゃあとっくに先生に命を預けておりますきに。わしだけ船に置き去りはご勘弁願えますか。もう船底の暮らしは飽きたきに。下田には綺麗な女子もおると聞いてますきに。いくら先生でも独り占めはいかんぜよ」

おどけて話す龍馬の目は、言葉とは裏腹に、勝に揺ぎない決意を伝えていた。

「しょうがねえな。龍さんは言い出すと聞かねえからな」

勝は驚くほどあっさりと同行を認めた。短い期間とはいえ、昼夜問わず日本のあり方を熱く語り合った勝と龍馬である。その二人にこれ以上の言葉はいらなかった。

そして、それを聞いていた、土佐の仲間たちが口々に二人に申し出た。

「わしも連れていってください」「わしらも命掛けで来ちょりますき」「船で待っちょるなんて出来ません」「一緒に連れていってください」

どの眼差しも、二人と運命を共にする覚悟に満ちていた。

すると後ろから、「勝先生、私は下田の人間です。きっとお役に立てます。足手纏いになどなりませんから、私も連れていってください」と、少し震える声で、侍姿のお吉が勝に訴えかけた。勝は、「お吉さんもか……」困惑を隠しきれないでいると、

「勝さん、この人は言い出したら絶対に聞かないよ。それで私も苦労したんだ。どうやらそれは、勝さんの教えだそうだ」

少しほくそ笑んだ松浦が後ろに立っていた。

「どいつもこいつも大馬鹿だ！」

少し呆れ顔の勝であったが、本当はその気持ちが嬉しくてたまらず、皆の同行を許したのだった。しかし松浦は、勝が降りたあとの順動丸の留守を預かるため、船に留まった。目立つ人間は一人でも少ないほうがいいと考えた松浦の配慮と、勝に対する他の幕臣の不信感を捉え、勝手な行動に出ないよう、お目付け役を買ってでたのである。本当は勝や龍馬、お吉らと共に上陸したかったのは言うまでもない。

上陸用の小船が用意されると、先頭に勝が乗り込んだ。そして、その後ろに龍馬とお吉が並んで控えると、誰が言うでもなく、望月、千屋、高松、沢村、近藤、岡田の六人がその周りを囲んだ。龍馬以外の脱藩者の中に、一人として順動丸に待機しようとする者はいなかった。龍馬が勝に命を預けているのと同じく、彼らも龍馬に命を預けていた。

「みんな、下田に着いたらおいらの指示に従ってもらうよ。それから、なるべくそばを離れるんじゃねえぜ」と勝が話すと、「先生と坂本さんは我々がしっかりと守るき」と千屋が言った。

すると、後方で異様な貫禄を漂わせていた以蔵がすかさず、「寅じゃ無理じゃ。なあに、わし一人いれば十分じゃ、勝先生や坂本さんにかかる火の粉は全部わしがぶった切っちゃるき」と言い放った。

その言葉に、以前から以蔵と折り合いの悪かった、望月、千屋、高松、沢村に一瞬緊張した空気が漂った。すぐさま、「いくら何でも言いすぎではないですか」と賢い近藤が仲裁に入ると、「なんじゃ」以蔵が凄む。

呆れる勝をよそに、龍馬は仲間らを見回すと、刀の柄《つか》で全員の頭を軽く叩いた。

「おまんら、先生の前で恥ずかしゅうないがか。下田へは斬り合いにいくわけじゃないぜよ。そうじゃ、酒を飲みにいくのに刀もいらんな。以蔵、腰の物は置いていくか！　そんなこんじゃ、お吉さんにも愛想を尽かされるぜよ」

「すんません」

ばつの悪い顔をした以蔵はチラリとお吉の方を見ると、龍馬に謝った。すると、「申し訳ありません」「すいません」誰が言うともなく、全員が龍馬に頭を下げた。

「おい、そろそろ出発するぜ」

勝が声をかけると、一同は、無言のまま、上陸する下田の町を凝視した。その眼差しには、同じ決意が秘められていた。命を預けた者同士、絆の陣形に守られた勝、そして龍馬とお吉である覚悟を胸に、勝一行は下田への上陸をした。

故郷の師、樋口真吉

勝一行が下田に上陸すると、樋口から命を受けた案内人が待っていた。案内された「角谷」は、上陸してから一番近い所に位置する船宿であり、樋口の気遣いが感じられた。宿まではほんの僅かな距離ではあったが、幕臣勝をとり囲む浪人風の侍たち、とりわけ、長身で美少年といった風情の、お吉の姿は一行の中でも特に人目を引いた。

お吉は、侍によって人生を狂わされた女性である。そんな自分が、侍の格好をして故郷の地を踏んでいることの不思議を感じていた。だが、その者がお吉であることに気づく町衆など、ありようもなく、遠巻きに聞こえる町娘の溜息を僅かに感じながら、龍馬の肩越しに隠れるように歩いた。お吉にとっては思いもかけない帰郷となった。

勝一行は角谷に入った。宿に入ると、主から、上士である乾退助が、勝らに宿を明け渡すために、慌しく引越しを余儀なくされたことを聞いた。土佐においては、上士と龍馬ら郷士とは天と地ほどの身分の隔たりがあるが、勝のみならず、その郷士のために体調不良の状態で宿を追い出されたのであるから、何とも皮肉である。主からその顚末を聞いた龍馬らは大いに笑った。上士に日々虐げられていた郷士にとって、これ以上に痛快なことはなかったのである。

一行が部屋へ通されるや否や、土佐藩の使者と名乗る侍が、勝を訪ねてきた。乾が出て行ったあとの使者の到着に、一瞬緊張の空気が流れ、用心のため、龍馬らは奥座敷に身を潜めた。使者は、勝が鎮座する部屋に通され、開口一番、「拙者、土佐藩、山内容堂様の使いで参った樋口真吉と申すものでございます。容堂様におかれましては、幕府軍艦奉行職にあり、ご高名な勝様と一献交えたいと、滞在先の宝福寺にてお待ちになっておられます。是非にとのご所望ゆえ、ご足労願えますでしょうか」と勝に申し出た。

「ありゃあ、樋口さん」

龍馬が奥座敷から顔を出した。

「おお。龍馬か、久しいのう、元気にしちょったか」

一瞬のうちに親しげな空気が漂い、それが勝にも感じ取れた。身の丈は龍馬より大きく、文武両道に優れ、龍馬にとっては、物心両面で支援をしてくれた父親のような存在である。これより半年前にも、大阪で再会した折に無一文の龍馬に一両を差し出していた。

「あん時は助かったぜよ。樋口さんにゃ、脱藩してから世話になりっぱなしじゃな」

龍馬が樋口に頭を下げた。

すると樋口は、「何を水臭いことを言うちょるがじゃ。龍馬に土佐は狭いち、武市も言うちょった。人には役割いうもんがある。わしゃ土佐にいて、おまんらの手助けをするくらいしかできんでのう」

そう言いながら、龍馬の肩を叩いた。すると奥座敷から、望月、千屋、高松、沢村、近藤、岡田らも「樋口さん」「樋口さん」と、次々と姿を現した。あっという間に樋口を囲む輪が出来、互いに再会を喜び合っている。土佐の若者にとって、誰もが、親に等しき親しみを樋口に感じていた。

そして、その様子に、腕組みをしながら勝は微笑んでいた。

樋口はそんな若者らを後方に座らせると、姿勢を正し、「勝殿には、我が土佐藩の者がお世話になり、航海術などをご教授いただいているとか。その上、脱藩の罪を負っている者まで預かっていただいて、本当にお礼のいいようもございません」と、勝に深々と頭を下げた。

「まあまあ、固苦しい挨拶は抜きにしましょう。樋口殿、容堂侯のお誘いは喜んで受けさせていただきます。ただし、折角の酒席への誘いではありますが、私は酒が飲めませんので、宜しくお取り計らい願えますか」

樋口は、勝の言葉にある決意を感じ取った。そして、見覚えのない一人の侍の姿を見て、勝に尋ねた。

「恐れ入りますが、そちらの御仁は我が土佐藩の者でしょうか」

その視線は、勝の隣にいたお吉に向けられていた。お吉は、どうしてよいか分からず、俯いたまま黙り込んでしまった。

「龍さん、樋口殿ならお吉さんのことを教えても大丈夫だろう。おめえさんが紹介してやんなよ」

勝は、龍馬にその役を投げかけた。

龍馬は、「樋口さん、こん人は、侍の格好をしちょるが、お吉さんと言って女子じゃ。お吉さんは、アメリカ総領事のハリスと一緒にいた下田の人じゃ。京都でお吉さんに会って、わしが勝先生に会うきっかけも作ってくれよった。人には言えん苦労をしちょるが、こん人は強い、ほんに強いぜよ。わしより強いかもしれん。そして、見た通り、美しい女子じゃ。以蔵なんぞ、お吉さんにぞっこんじゃ」

その言葉に、顔を赤くした以蔵が慌てて龍馬の前に飛び出した。

「坂本さん、何を言うがじゃ」

いつも剣客気取りで無口な以蔵の慌てふためく様子に、皆が笑った。そして、上陸してからあれほど緊張していたはずのお吉も、その真ん中で笑っていた。

勝は、「龍さん、そんな乱暴な紹介じゃわかんねえだろうが」と龍馬を窘《たしな》めた。

「いいんです。この者たちにとって、このお吉さんが大切な仲間であることが分かりましたから。それで十分です」

そう言ってお吉を見る樋口の目は、勝や松浦と同じ優しいものだった。

「皆、幸せそうじゃのう」

樋口は目を細め、小さく呟いた。

いざ宝福寺へ、お吉の決意

樋口は、宝福寺の容堂侯一行の状況、随行者の情報に加え、土佐藩の現状、慣習、容堂侯の気性など、知り得る限りのことを勝に伝えた。その上で、進言した。

「夕刻時、血気盛んな我が藩の者の多くは、ここから先の弥治川町というところの遊郭通りに繰り出します。ここから宝福寺への道すがら、通りからは一見目立たない場所に〈住吉楼〉という遊郭があります。こちらに伺う途中、そこの主人に話をつけてありますので、坂本にはそこで待機させたらと考えますが如何でしょうか？」

角谷にいては、万が一にも交渉が決裂した場合、その所在は明らかになってしまう。遊郭は身を隠すには絶好の場所である。樋口の計らいであった。

「そりゃいい。龍さん、おめえさんの希望通りじゃねえか。綺麗な女子に囲まれて酒を飲めるなんざ羨ましいね。まあ、黒船にでも乗ったつもりで吉報を待っといてくれ。樋口殿、その住吉楼までご案内願えますか」

心配をかけまいとする勝の気持ちが伝わる言葉であった。

龍馬は、樋口の心遣いに感謝しながらも、「勝先生はご存じないでしょうが、樋口さんは土佐では堅物で通っちょります。遊郭に出入りするようになっちゅうとは、こりゃあびっくりぜよ。のう、おまんら」と、わざと樋口をからかうように言った。

「やるのう樋口さん」望月らから冷やかしの声があがった。

「ば、ばかを申すな、おまんのためと思ってだな……」

少し紅潮した顔で樋口が言うと、さらに周りから笑いがこぼれた。

そんな笑いのなか、一人真剣に話を聞いていたお吉が手を上げ、口を開いた。

「樋口様、勝先生、私も連れていってください。私は幼い頃より下田で育ちました。この町の裏道も人々のことも全て知り尽くしています。もしもの時、樋口様は土佐藩というお立場から、動けなくなるかもしれません。私がお役に立てることもきっとあるでしょう」

その言葉に、さすがの龍馬も、「そりゃいくら何でも無茶じゃ。町に出れば、土佐藩の者だけじゃない、お吉さんのことをよく知っちょる町の衆もたくさんおるんじゃぞ。ばれたら、どがいするつもりじゃ」お吉に諦めるように諭した。

「大丈夫です。さっきも誰一人、私がお吉だとは気づく者はおりませんでした。私にはじっとここで待ってるなんてことは出来ません。もしもの時は、これで自分の始末はつけて見せます」

お吉はそう言うと、懐からハリスから貰った短銃を取り出し、自らの胸に当てたのだった。その思いがけぬお吉の行動と気迫に、周りの者は声をなくし、ただただ息を呑んでその場を見守っていた。

「わかった、わかったたち、銃をしまいや、何ちゅう熱い女子なんじゃ」

さっきまで、恥ずかしそうに俯いていた女性とは思えない激しい行動に、龍馬は半ば呆気にとられていた。そして、樋口も驚きを隠せない様子だった。

「よし、わかった、お吉さん、お供を頼みます」

勝は両膝を叩くと、お吉の同行をあっさりと認めた。

「勝先生、よろしいんですか」

心配した近藤が勝に尋ねた。それは、言わずとも、そこにいる全員が思っていた言葉だった。

「お吉さんはな、来るなと言っても絶対に来る。そういう人だ。そんな生き方しか出来ねえ人なんだよ。だったら、皆で守ってやろうじゃねえか」

勝が言うと、刀を片手に持った以蔵が、「先生、わしも連れていってくれ。わしが守っちゃる！」と一歩前に出た。

そんな以蔵に対し、「おめえさんは駄目だ」

勝はあっさりと、一言で冷たく断った。

「なんでじゃ、こん中じゃわしが一番使えるはずじゃ。こんな時に役立たんようじゃ、わしゃ何のために京都から付いてきたんじゃ。勝先生、頼むぜよ」

以蔵は懇願し、勝に食い下がった。以蔵には、勝や龍馬はもとより、お吉のことが心配でたまらなかった。

「以蔵、おめえさんの腕はよく知ってる。だがな、これは話し合いだ。おめえさんには殺気があり過ぎる。おいらは、刀を使わないで人を斬りにいくんだ。だから、お吉さんのお供も許したんだ」

以蔵には、その勝の言葉の意味がよく分からなかった。お吉は、そんな荒ぶる以蔵の刀を持った手をそっと握り、「以蔵さん、ありがとう」と優しく話しかけた。以蔵は、俯きながら静かに後ろに下がった。

「亀、寅、おまんら、お吉さんと一緒に勝先生のお供に付いちょりや。お吉さんは、甥っ子の太郎の名前を名乗っちょり。太郎は、土佐の侍衆の中では、まだ余り顔を知られちょらんき。ええの、太郎」

龍馬は、そう言うと、弟分の望月亀弥太、千屋寅之助の二人をお供に指名し、お吉に、甥っ子の高松太郎の名を名乗ることを提案した。お供が多ければ、相手方を刺激しかねない。三名のお供はまさに適切な判断だった。

「よし、それで行こうじゃねえか。いざ、宝福寺に参るとしよう」

勝の言葉が部屋に響いた。

お吉の魂

時は夕刻、辺りは薄暗くなっていた。勝は、望月亀弥太、千屋寅之助、そして高松太郎の名を借りたお吉の三名を書生として同行させ、樋口真吉を案内人に、龍馬を伴って角谷を出立した。道すがら、いつもの軽口もなく、珍しく言葉少なの一行であった。

相変わらず人目を引く一行ではあったが、心配されたお吉の正体に気づく者など一人もいなかった。そして、角を曲がれば宝福寺が見えるという手前の所に、樋口が手配した「住吉楼」という遊郭があった。賑やかな通りとは違い、人知れず待機するには絶好の場所といえた。住吉楼の前で立ち止まると、樋口は、待ち受けていた住吉楼の主人に二言、三言囁くように告げ、幾ばくかの金を主人に手渡した。

勝に告げたい思いが溢れるように龍馬の胸中をめぐる……。お吉にも、（勝先生と一緒に行きたい……）という、歯ぎしりが聞こえてきそうな龍馬の気持ちが痛いほど伝わっていた。

そんな龍馬の前にお吉は立ち、「坂本様、これを持っていってください」と、龍馬の手に、布に包まれた小さな物を手渡した。

龍馬は、いったんそれを手に取ると、中身を見て驚いた。その包みの中には、「お吉さんへ」と彫られている、あのハリスから贈られた短銃が入っていたのである。

「こりゃお吉さんがいつも懐に入れてた大切なもんじゃろう。辛い目におうてまで守り通した、ハリスさんとの絆そのものじゃろう。こがいに大切なもんは預かれんぜよ」

龍馬は、そう言って、お吉に短銃を返そうとした。その龍馬の手をお吉は両手でゆっくりと差し戻すと、自らの胸の上に手を置いて、こう話した。

「ハリス様との絆は私のこの胸の中に大切に残っています。そんなことより、この先での話し合いがどんな形で終わろうとも、坂本様には生きていてほしいんです。あなたは、これからの日本に必要な方です。絶対に生き延びてください」

お吉の目は真剣だった。

勝が横から口を開いた。

「龍さん、お吉さんがこの目をした時は絶対に引かねえよ。もう、おめえさんにも分かっているだろ。お吉さんの気持ち、しっかりと受け取ってやんな」

(おいらたちに任しときな)そうも聞こえそうな勝の言葉だった。

龍馬は何かを決意したように、「この坂本龍馬、お吉さんの魂、確かに預からせてもらうぜよ。ここで吉報を待っとるき、勝先生を頼むぜよ」と、お吉に頭を下げた。

そんな二人の間に、「さあ、出立するぜ」勝の声が無情に響いた。

龍馬は、「先生、お気をつけて」と一声かけるのがやっとであったが、万感の思いを込め、弟子のために命がけの嘆願をする師、勝の背中が見えなくなるまで見送った。勝も、そんな龍馬の視線を背中に感じながら、眼前の宝福寺を見据え、一度も振り返ることはなかった。

第三章　天下御免の扇と満月の盃、そして明日

龍馬、住吉楼にて待機す

「さ、どうぞ」

主人に誘われるままに龍馬は住吉楼へと足を踏み入れた。

「樋口様から御指示いただいております。どうぞこちらへ」と一番奥まった座敷へ案内しようとする主人を制止し、「宝福寺が見えるような、通り沿いの見晴らしのええ部屋を用意してくれんね」

龍馬は主人にこう告げた。

「しかし、樋口様からは……」主人に話す間《ま》をあたえず、「どうも奥まった暗いところは性に合わんちゃ。今日はきっとええ月ぜよ」

外は暗く、月も見えない曇天模様である。主人は首を傾げながらも龍馬の言葉に従い、言われた通り、二階の部屋に案内をした。

「すぐに、料理とお酒、そして女子のほうもご用意致しますので」と、部屋をあとにしようとする主人に向かって、龍馬はこう言った。

「料理も女子もいらん。その代わり酒を少々持ってきてくれんね」

余りにも意外な龍馬の言葉に、主人は「樋口様からお金も頂いておりますので」と続けると、

「いらんちゅうたら、いらんちゃ！」

何も出来ない自分に苛立ちを隠しきれず、龍馬は語気を強めた。余りの勢いに怯む主人を見て、龍馬は我に返り、「こりゃすまん、すまん。気持ちは嬉しいが、頼むき、言う通りにしてくれんね」といつもの笑顔で言った。

「は、はい。ただいまお持ち致します」

主人が部屋を出たあと、龍馬は勝との出会いに思いを馳せた。数か月前、勝の許を訪れた龍馬は、幕臣でありながら幕府を平然と批判し、「日本」という国の弱さ、小ささ、武士の時代の終わりを悟り、外国文化を貪欲に取り入れて海軍増強の必要性を説くという、一人の大ぼら吹きの男の姿にすっかり魅了されていた。

この頃の勝のもとには、攘夷だ、尊王だと言いながら、挑戦的な態度で詰問をする武士が毎日のように訪問してきた。勝の言葉には耳を貸さず一方的に威嚇《いかく》してくる輩《やから》も少なくなかった。しかし龍馬は、勝の一言一言に瞳を輝かせ、驚きと関心を言葉だけでなく、時には手を叩き、足をばたつかせながら、身体全体を使って表現した。勝にとってもこんな男は初めてであった。

勝と龍馬の話し合いは一昼夜続いた。物分りの悪い人間に対する勝は、「てめえとは話すだけ無駄だ、とっととけえりやがれ！」が決まり文句であり、時間を惜しむように切り上げていたが、龍

馬との小気味のよいやりとりは、勝にとっても初めて理解者を得たような至福のときであった。

夜が明け、朝日が部屋に差し込んできた。多少の疲れはあるものの、満たされた二人の表情がそこにあった。龍馬は姿勢を正すと勝に向かってこう言った。

「勝殿、いや勝先生。わしゃ今日限り武士を捨てる！　先生の言う通り、もはや武士の時代じゃないき。幕府や藩のためじゃなく、〈日本〉という国のために働きたいがです。頼むき、弟子にしとおせ」

そう言うと、龍馬は刀を勝に差し出した。

勝は、龍馬が名門千葉道場において、北辰一刀流の免許皆伝の剣の達人であることを承知していた。疑う余地もなく剣術に明け暮れ、存在そのものを刀に賭けるのが武士である。それをこうもあっさりと捨て去る度量と潔《いさぎよ》さ。勝は自分の胸に風が吹き抜けるような爽快さを感じていた。

（こんな男がいるなんてな……）

勝は龍馬に刀を押し戻した。

「話はわかった。だが、これはおめえさんが今まで生きてきた証だ。これからもお守りとして持っときな。弟子入りの件だが、おいらには、この日本のために、海軍を育てるという大仕事が待っている。おめえさんにはその仕事を手伝ってもらいてえ。その証に、おいらと盃《さかずき》を交わしてくれねえか」

龍馬は「喜んで！」と即答すると、用意された盃に、龍馬は酒を、飲めない勝は水を互いに注ぎあい、その絆を確認するかのように飲み干したのである。

勝は、「これからは龍さんと呼ばせてもらうよ」と龍馬に言った。それ以来、勝との絆の象徴として、その盃を大事に胸元にしまっていた。

住吉楼の主人が恐る恐る酒を運んできた。龍馬は徐《おもむろ》に懐からその記念の盃を取り出し、酒を注ぐと、宝福寺の方向へと置き、自らはその盃を正面に刀の柄を両手で摑み、そして、お吉から預かった魂の短銃を懐に入れ、まるで祈るような姿で、まだ晴れぬ天を仰いだのである。

龍馬も、勝、お吉らと共に戦っていた。

駆け引き

宝福寺に着いた一行は、早速、容堂侯のいる奥座敷に通された。

容堂はかなり酒を飲んでいるらしく、にわかに床柱に寄りかかり、携えている瓢簞の酒を盃に注ぎながら、「待っておったぞ。そちが噂に聞く勝であるか」と酔侯さながらの様子で勝に声をかけた。

勝は姿勢よく容堂侯に一礼すると、ご機嫌伺いから、酒席への招きに対し丁重に礼を述べると、京坂の近況について、持論を交えながら報告。土佐藩への賛辞も忘れず、堂々とした挨拶を申し述べた。

そこには、あの、べらんめえ調の勝の姿は微塵も見られなかった。軍艦奉行並とはいえ、開国と攘夷、勤皇と佐幕で揺れる激動の時代、幕府の命運を担うという心魂が漲《みなぎ》る、毅然とした幕臣「勝麟太郎」の姿がそこにあった。

感心する容堂侯をよそに、同席をしていた大鵬丸の船長の松本主、長崎海軍伝習所の同期生であり、共に渡米した仲であった小野友五郎、加藤安太郎の旗本二名の方に向き直ると、

「この航海は容堂様にとって初めての航海であるぞ。その大任を担っておきながら、慎重に天候を見定めて出港すべきところを、悪天の中を出港し、難破するような状況になるとは、容堂様に万が一の事があった場合、如何なる責任を取るおつもりか！　今後は心を入れ替え、厳重に注意めされよ！」

と一喝した。

勝のあまりの迫力に、三名共に反論する余地もなく俯《うつむ》くばかりであった。

次に勝は、呆気にとられる容堂に向き直ると、にっこりと微笑み、失礼致しましたと言わんばかりの一礼をした。機知に富んだ勝の言動、胆力に、容堂はいたく感心をした。勝は既に、容堂の懐に入り込んでいた。

すかさず勝は、「実は私の船には、尊藩より海軍修業を命じられた者たちをお預かり致しております。本日も高松、望月、千屋の三名を同行させておりますが、さすが容堂様の藩士だけあって、大変勉強熱心にて、我が門下の中でも既に頭角を現しております。神戸に海軍操練所の建設を提案

致しておりますが、実現の折にはその中心となって働いてもらおうと今より考えておるところです」

「何、そんなに優秀な者たちか」

容堂はすっかり気を良くしていた。勝はすかさず、

「はい、それはもう有望な者たちです。しかしながら、ただ一つ気がかりがございます。その中に数名の脱藩者がおるのです。国情にいてもたってもいられず、若さゆえに国禁を犯したのでしょう。中でも、坂本龍馬という者は中々の器です。同郷の者たちにも人望があり、海軍操練所の実現の折には私の参謀にと考えております。

そこで恐れながら、容堂様にお願いがございます。私がお預かりしている脱藩の者たちですが、今後、きっと土佐藩の役に立つものと確信致します。どうか、温情をもちまして脱藩の罪をお許しいただけますよう、切にお願い申し上げます」

と、さらに深々と頭を下げ、懇願をした。

「勝殿、坂本某とかいう藩士に覚えはござらんが」

盃の酒を一気に飲み干すと、少々訝《いぶか》しげに容堂は尋ねた。

「容堂様がご存知ないのも無理はございません。土佐藩で言うところの郷士という身分の者でござれば」と、勝は答えた。

「なんじゃい郷士か……」

容堂はボソリと呟いた。元々郷士の処遇など、容堂にとってみれば、どうでもよいことであったが、あの高名な幕臣、勝麟太郎が……そして、実際に噂に違わぬ器を目の前にした、その勝が、容堂の手駒ともいうべき藩士をめぐって、これほどまでに懇願をしているのである。容堂はそのことのみに興味を持った。そして、口八丁の勝が、実はどれほどの気持ちで言っているのか、確かめたい衝動に駆られていた。

「鯨海酔侯」の酒と扇の証《あかし》

容堂は、寄りかかっていた床柱から身体を起こし、勝に、品定めするような視線を送りながら、「勝殿、貴殿の願い、聞いてやらんでもないが、それには条件がある。この私からの盃を飲み干してくれたら、その願い聞いてやろう」と言った。

容堂は、わざと一番大きな盃に酒をなみなみと注ぐと、悪戯っぽい笑みを湛《たた》えながら勝に差し出した。もちろん、勝が酒を飲めないことは先刻承知の上である。

勝は両の手で丁重に盃を受け取った。酒が飲めない勝にとっては、その重さが、殊更《ことさら》にズシリと感じるものであった。だがそれ以上に、龍馬、お吉らとの絆を失いたくないという思いが勝には強かった。

（この盃を飲み干せば、本当に約束を守ってくれるんでしょうな……）

勝は、そんな目で容堂をじっと見つめた。酒が飲めない勝にとっては、まさに命がけだった。そんな勝の気迫を感じたのか、容堂は少々真顔になり、「二言はないぞ」と答えた。

しかし、相変わらずに興味津々な顔でこちらを窺っている。盃の酒鏡に住吉楼で待っている龍馬の顔が浮かんだ。

（待ってろ、龍さん、おめえさんの喜ぶ顔が目に浮かぶぜ……）

勝は目をつぶると、躊躇《ちゅうちょ》することなく、一気にそれを飲み干した。まるで、これから起きる激動の時代を飲み干すかのごとく……。

すると、そんな勝を見ながら、「勝が飲んだ！　勝が飲んだ！」と、容堂はまるで子供のように両手を叩いて喜んでいる。

勝は、そんな容堂をしばらく眺めながら、姿勢を正すと、すぐさま切り出した。

「恐れながら、先ほどお願いを致しました、私の許におります者たちの脱藩の件につきましては、ご寛大にも赦免を頂いたものと存じますが、酒席での約束事なれば、その証として、容堂様がお持ちになっておられます、そこなる瓢箪を頂戴いたしたく、何卒お願い申し上げます」

「なに、わしの瓢箪をよこせとな」容堂は、勝の大胆な提案に一瞬沈黙した。

勝は、容堂から視線を外すことなく、真剣な顔でこちらを窺《うかが》っている。

軍艦奉行並とはいえ、勝は立派な幕臣である。容堂も約束を反故《ほご》にすることは考えてはいなかった。また、勝の眼差しを受け少し酔いも醒めていた。

容堂は、筆と硯を用意させ、自ら白扇を取り出すと、大きく広げ、瓢箪を描き、その中に、「歳酔三百六十回　鯨海酔侯」と書き記したのである。

「勝、これを代わりに証とせよ」

容堂は、その白扇を勝に手渡した。

「はっ。ありがたき幸せにございます」

勝は、その白扇を両の手で大事そうに受け取ると、勝ち誇ったように自分の手元に置いた。

そんな勝の、満足気な様子を見ていた容堂は、勝に言った。

「勝殿、今後、その者たちが藩に背く行動などしないよう、しっかりと監督してくだされよ」

勝の思惑通りに事が運ばれたように感じた容堂の、悔し紛れの言葉であった。

変わらぬ絆

幕臣、勝麟太郎と前土佐藩主、山内容堂の謁見の宴は、意外に早く切り上げられた。

容堂にとっては、噂に聞く幕臣勝の人となりが分かればそれでよかった。謁見を通じ、勝という男が、想像を超える人格、見識、胆力を持った人物であり、同時に勝は、容堂にとって酔えないほど〝油断ならない男〟であることを理解した。

謁見の間を出る頃、勝の意識は朦朧《もうろう》とし、とても一人では立っていられない状態であった。そして、そんな勝の様子に、土佐藩が籠を用意し、宿まで送る手配をしたが、勝は、これを頑《がん》として断った。龍馬が待つ住吉楼へ、どうしても、自らの足で向かいたかったのである。

　そんなわけにはいかないと食い下がる土佐藩であったが、樋口の口添えもあり、勝は、望月、千屋、お吉に抱えられて帰ることになった。望月と千屋が勝の両肩を抱え、お吉が皆の荷物を持った。宝福寺を出る頃には、勝の意識はなかったが、その手に、あの扇だけはしっかりと握られていた。

　そんな、宝福寺を立ち去ろうとする勝一行に、後ろから声をかける人物がいた。

「もしや、お吉じゃないか」

その声に驚いて振り向くと、そこには、寺の住職らしき人物が立っていた。

（お吉さんの正体がばれた……）

勝を抱えながら、望月と千屋が身構えた。

お吉は、そんな二人に、「このお方なら大丈夫です。宝福寺ご住職の竹岡了尊様です」と、小さな声でその人物を紹介した。

「驚いた、本当にお吉かい。そちらは、容堂侯に謁見をされた勝殿だね。大分酔っているご様子だが、今は余り動かさん方がいい、本堂を開けるから、そこで少し横になられたら如何かな。さあ、お吉、お二人さん、勝殿を本堂に運びなさい」

　了尊の導きで、勝は宝福寺の本堂に運ばれた。

お吉は、意識朦朧とした勝に無理矢理に水を飲ませ、背中を摩《さす》り、酒を吐き出させた。そして、冷たい水に浸した手拭いを絞ると、勝の額に当てた。長年、芸妓を生業《なりわい》としていたお吉にとって、酔い潰れた者の介抱は慣れたものであった。望月と千屋は、その手際のよさにただただ感心していた。

休んでいる勝の枕元で、了尊がいないことを確認し、望月が、「お吉さん、下田の人には辛い目に遭わされたって聞いちょったけど、さっきの和尚さんはどがいな人なんじゃ」と、気になっていることを尋ねた。

「私は、子供の頃から、この宝福寺の境内や裏山でよく遊んでいたんです。ご住職は、いつも優しく声をかけてくれて、時には、食べ物も貰ったりして……。

私がハリスさんの所に行ったあとは、みんな変わってしまったけど、了尊様だけは、お吉元気か、お吉どうした、って、何一つ変わらなかった……」

そこまで言うと、お吉は昔のことを思い出したのか、言葉を詰まらせた。そして、困惑する二人を前に、涙を拭いながら、「だめですね。昔のことは振り返らない、強い女子になるんだって決めたはずなのに……」と続けた。

すると、「お吉、どうした」その懐かしく優しい声で、了尊が本堂に入ってきた。

了尊はお吉の正面に座ると、「久しぶりじゃな。それにしても、その侍の格好には驚いたぞ。元気そうで何よりじゃ。皆には優しくしてもらっているのかい」と言った。

突然目の前に現れた男装のお吉……。普通なら聞きたいことは山ほどあるはずである。しかし、了尊は詳しい事情など何も聞かず、優しい笑みをお吉に投げかけるだけだった。

昔と変わらない了尊の言葉に、お吉の胸の真ん中は温かくなっていた。お吉は、望月と千屋を紹介し、ここに至った経緯を自ら了尊に話した。了尊は、ただただお吉の話に頷き、あるがままのお吉を受け止めた。

お吉の話が終わる頃、勝が意識を取り戻し、身体を起こそうとした。

「まだ横になっていなされ」

了尊が制止するように話しかけた。

「いたたた、頭が痛え、おめえさんは……」

酒は抜けきれないようであったが、勝の意識ははっきりとしてきた。

「私は、宝福寺の住職で了尊という者です」

「和尚さんかい。するってえと、まだ宝福寺に居るのか……」

勝は、少しずつ自分の置かれた状況を理解し始めたようであった。

「勝先生！」「大丈夫ですか」「よかった」

望月と千屋、そしてお吉が口々に言うと、

「おお、三人共いるじゃねえか。どうやら面倒をかけちまったみてえだな」

少しばつが悪そうに周りを見回した。

「こうしちゃいらんねえ。住吉楼で龍さんが待ってる。おい、寺を出るぜ、望月、千屋、ちょいと肩を貸しな」

まだ足元はふらついていたが、身体を起こそうとしたその時、勝は何かを思いついたように、

「おい、あの扇はどこにいった。おいらが容堂侯から貰った扇だ！」と慌てたように言った。

すると望月が、「勝先生、右手です」ぼそりと呟いた。勝の右手には、その扇がしっかりと握られていた。勝はホッとした表情を浮かべた。

少しにやついた顔で千屋が言った。

「勝先生、よっぽど大事な扇なんじゃね。しっかりと握って離さなかったがよ」

その言葉に、「ばっきゃろう！　こりゃあ天下御免の扇だ！」

意味は分からなかったが、勝の余りの勢いに、「すいません」と千屋が謝った。

「事情はともかく、もう少し休まれたほうがいいんじゃないかね」

「和尚、気持ちはありがてえんだが、この扇を、今か今かと大切な弟子が住吉楼で待っているんだ。少しでも早く行ってやりてえ」

「幕府海軍奉行並の勝殿がそこまでこだわる男か。どんな男だね」

「おう、よく聞いてくれた。その男は坂本龍馬っていう土佐の男だが、富士山のようにでっかい男よ。今に日本中にその名を轟かすぜ。和尚、この名前、覚えておいて損はねえぜ。天翔《あまかけ》る龍の馬と書いて、龍馬だ！」

勝は、いつもの勢いで了尊に向かって吠えた。

「ほう、富士山のようにでっかい男が遊郭で待っているのかね。坂本龍馬か……。覚えておこう」

了尊のその物言いが可笑しく、一同は声をあげて笑った。

吉報

宝福寺を出た勝一行は、途中でふと立ち止まり、振り返って宝福寺を仰ぎ見た。

既に夜は更け、寺の後ろには、満月の明かりに照らされた、形の良い三角山が聳えていた。

一行が宝福寺に向かう折に吹き荒れていた風も、嘘のように静まり、勝には、容堂侯とのやりとりが、まるで夢の中の出来事に思えてきた。

勝は、「お吉さん、宝福寺の後ろに形のいい山があるが、あれは何て山だい」と、お吉に尋ねた。

お吉は、「勝先生、あれは下田富士という山です。船の上から見た、あの富士山とは比べようもない小ささですけど……」と答えた。

勝は、「そんなことはねえよ。真っ直ぐ天に向かって聳えるいい形をしてやがる……。今のおいらには、あの富士山にも負けないぐらい、雄々しく見えるぜ。小さな一歩だが、今日のことはきっと日本を変える大事な一歩になる。おいらは、あの富士にも誓いを立ててるぜ……」

感慨深く語る勝に、三人の供は、船上で仰ぎ見た、あの富士山に立てたと同じ誓いを心の中に唱えていた。

ただ、あの時より確実に、勝との信頼の絆は強くなっていた……。

足元がふらついている勝は、千屋と望月に両脇から抱えられ、宝福寺に背を向けると、再び歩き始めた。

住吉楼の二階にいた龍馬は、勝らの姿を確認すると、絆の盃に満たされた酒を一気に飲み干し、胸中に納め、住吉楼を飛び出してきた。

勝は、駆け寄ってくる龍馬を確認すると、千屋と望月に、「おい、一人で立てるから、もういいぜ」と二人の腕を振り払った。望月は、「まだふらふらじゃなかですか」と勝に言いかけたが、勝の気持ちを察したお吉は、そんな望月の袖を引っ張り、首を横に振って制止した。

「勝先生、大丈夫ですか。先生」

足元が覚束ない勝に、息を切らした龍馬が声をかけた。少し朦朧としていた勝は、千屋の肩を杖代わりに掴みながら、

「おお、龍さん。どうだい楽しかったかい。あんなに慌てて飛び出してきたってことは、逃げ出したくなる女子でもいたかい。下田はお吉さんみたいな美人が多いって聞いてるがな。一人だけ楽しもうとするからだよ」

精一杯気丈なふりをし、いつもの軽口をたたいた。

「勝先生……」

勝の思いやりに龍馬は胸がいっぱいになった。

「おお、そうだ、そうだ、容堂さんに、おめえさんの脱藩の罪は許してもらったぜ。これで、晴れて今日から自由の身だ。存分に働いてもらうから覚悟しときなよ。ほれ、これがその証よ」

勝は胸に大事にしまっていた白扇を取り出すと、それを龍馬の目の前で雄々しく広げ、高々と、そして誇らしげに龍馬に差し示した。飲めない酒に酔いつぶれ、脱藩赦免の証を勝ち取ってきた師。そして、精一杯、何事もなかったように振舞う師。龍馬にはそれ以上の説明はいらなかった。

「さすがに勝先生ぜよ。先生、下田の女子は綺麗じゃったよ。ええ夜じゃ」

いつもの龍馬が戻っていた。

「こいつめえ、うらやましいねえ、ちくしょうめえ！」

勝も上機嫌であった。そんな師弟の絆が、三人にはとても羨ましく、そして輝いて見えた。

龍馬は、お吉の前に進み出て、「お吉さん、おまさんの魂、確かに返すき」と言うと、お吉の手に、預かったハリスからの短銃を手渡した。

「必要なくてよかったです」

「いや、必要じゃった。こん銃に、信じて待つ力をもろうた。お吉さんには助けられてばかりじゃ、ありがとうの」

龍馬はお吉に頭を下げた。

「亀、寅、ここからはわしが先生をおぶっていくきに」

龍馬は勝の前に背中を向け、しゃがみこんだ。

「おいおい、おいらは一人で歩けるぜ」勝は明らかに強がっていた。

「わしがおぶいたいんじゃ。先生、頼むき」龍馬は身体をゆすりながら勝を促した。

「しょうがねえな、龍さんに頼まれちゃいやとはいえねえ」龍馬の背中に身体を預けた。

「先生、酒臭いっちゃね」「我慢しろい」二人は照れる気持ちを誤魔化すかのように、軽口を言い合っていた。そして、三人の供は、少し離れた後ろから、そんな師弟の姿を微笑ましく見つめていた。

龍馬は、その背中に師、勝の重さを感じながら、自らの進むべき道を心に深く、深く決めるのであった。ほどなく、勝一行は角谷に到着した。

「先生、起きちょりますか。角谷に着いたき」

龍馬は、勝に告げた。

「起きてるよ。それにしても、龍さんの背中はあったけえなあ」

勝はそう言って、まだふらついた足で龍馬の背中から降りると、「さわむらー、こんどうー、いぞうー、たろうー」と周囲に響き渡るような大声で、待ちわびる者たちの名前を呼び上げた。

困惑する龍馬らの前に、角谷に潜んでいた高松、沢村、近藤、岡田が慌てて外へ飛び出してきた。そして、目で合図を送る彼らに、龍馬は笑顔で大きく頷いた。

「やったき」「さすが先生じゃー」

勝と龍馬を中心に、一様に喜び合う彼らの姿が月に照らされていた。

「もう隠れる必要はねえ。おめえらは今日から自由の身だ！」

勝は、再び白扇を広げ一同に見せ示し、

「どうだ、これは容堂侯から直々に許しをもらった証の扇だ。今日から、おめえらの身の上は、この勝が預かる。文句あるか、ちくしょうめえ！　今日は、おめえらが自由になった記念の日だ。これから祝いに出かけるぜ」

と続けた。

さっきまで一人で立てないほど酔っていた人の言葉とは思えない破天荒ぶりである。

龍馬は、ますます勝のことが好きになった。

天下御免の扇

「先生、どちらへ？」

龍馬が尋ねると、勝は、「その前に、おめえら、腰の刀を全部置いていけ！」と叫んだ。状況が掴めないまま、彼らは勝の言う通りに腰から刀をはずし、角谷に預けた。

そして、以蔵を近くに呼び寄せ、「以蔵、刀を持たないってのはどんな気分だい。今日はおめえさんにこれを預ける。これから刀を使わないで人を斬ってもらうからな」と、容堂から受け取った白扇を手渡した。

「はあ……」まったく理解できない勝の行動に困惑しながらも、以蔵は扇を受け取った。

何かを察したのか、龍馬はその光景を笑顔で眺めていた。

勝は勢いよく掛け声をかけた。

「おめえら、これから弥治川町に行くぞ！」

「先生、樋口さんも言うとりましたが、あそこは我が土佐藩、特に上士どもがうろついちょります。危険ではないがですか」

冷静な近藤が、諭すような口ぶりで話すと、「おめえらの身の上は、この勝が容堂侯から直々に頼まれたんだ。天下の往来を歩いて何が悪いってんでえ！」

その勢いは一向に収まる様子などなかった。

お吉は、「弥治川町なら、私の庭みたいなものです。道案内します」と先を歩いた。

龍馬は、さらにその先を歩きながら、「おーい、はよう行こうぜ！」と行く気満々である。

勝は、「残念だったな以蔵、お吉さんが一緒じゃ、遊郭へは行けんな」と、以蔵の耳元で囁いた。

「べ、別にわしゃ最初から、そがいな所へ行くつもりはないぜよ」

以蔵は思わず、大声を出した。

「え、以蔵さん、そがいな所って?」お吉がその言葉に反応した。

「な、な、何でもないぜよ」

以蔵の慌てぶりは周囲の笑いを誘った。

「なんじゃ」

以蔵は近藤や望月らに怒って見たものの、なにせ丸腰である。

「おう、以蔵、まだその扇は使うなよ」と勝にあしらわれてしまった。

民家の間を抜け、弥治川町の遊郭街の入口に差し掛かると、その灯りの向こうに、土佐藩士らしき一団が歩いているのが見えた。勝はわざと大きな声で、「龍さん、下田と土佐の海は似とるが、女子はどっちが綺麗じゃろうのう」と龍馬に話しかけ、龍馬はお吉の顔を見ながら、「そりゃあ、土佐より下田の女子じゃなかですか」と、勝よりさらに大きな声で答えた。その二人の、まるで子供のようなやりとりに、丸腰の以蔵らは少々うろたえていた。

大きな声の龍馬、勝のやりとりに、土佐の一団は気づくと、あっという間に勝一行の行く道を塞《ふさ》いだ。これより数か月前の参政吉田東洋の暗殺以来、土佐勤皇党や郷士など、下級武士に対する上士らの恨みは相当根深くなっていた。

そして、その中心にいた上士の一人が、沢村、龍馬らの脱藩者を見つけると、勝に告げた。

「恐れながら、幕府軍艦奉行職の勝殿とお見受けいたします。そこにおります者の中に、我が土佐藩を脱藩した者がおります。何卒、お引き渡し願いたく存じます」

言葉は丁寧だが、いきり立っている様子が明らかである。

丸腰の中、一人、懐に短銃を忍ばせていたお吉は、懐に手を入れ短銃を握り締めた。

その動きに気がついた勝は、「お吉さん、今日は刀も銃も必要ねえ、まあ見てな」と、お吉の懐に入れた手をすっと引き抜いた。そして以蔵に、「以蔵、さっき渡した扇を開いて、連中の前にかざしな」と言い付けた。以蔵は言われた通りに、「歳酔三百六十回　鯨海酔侯」と書かれた方を正面に向け、上士の前に突き出した。

一瞬たじろいだ上士に対し、扇の後ろで勝が吠えた。

「これが誰の書いたものかわかるだろう。いいか、よーく聞きな。ここにいるのは大事なおいらの弟子たちだ。ついさっき、容堂侯から直々に脱藩の罪は解いてもらった。文句があるなら、宝福寺に行って、直接確かめてくるがいいや」

上士は、その扇をじっと見つめると、明らかに困惑の表情を浮かべている。

「さあ、今夜は飲み明かすぜよ！」

大声を上げ、龍馬と勝が歩を進める。その横で、以蔵が扇を高々と掲げながら並んで歩いた。

上士はなすすべもなく、勝一行のために道を空けた。悔しそうな上士の間を悠然と歩いていったのである。

土佐においては、上士と下級武士が道で出くわした場合、上士に行く道を空け、ひれ伏す形で礼を尽くさねばならないきまりとなっている。上士が道を譲るなどということは、龍馬らにとってはまさに天と地がひっくり返ったようなものであり、これ以上に愉快なことはなかった。

勝は以蔵に、「もうすぐ刀の時代は終わる。どうだ、こんな人の斬り方もあるんだぜ。以蔵よ、よく覚えとけよ」と耳元で言った。

以蔵は、勝の言葉を理解する以前に、目の前の光景に興奮しきっていた。勝の心を知ってか知らずか、「最高じゃ」「最高の夜じゃ」と呟《つぶや》きながら、天下御免の扇を振りかざしていた。

満月の盃

勝一行が行く道の先、ちょうど遊郭街の真ん中に位置する場所に「土佐屋」と書かれた看板が見えてきた。勝はその看板を見るなり、「おいおい。下田にも土佐があるじゃねえか。ようし決めた、あそこで祝いの宴を開くぞ」と皆に告げた。

「勝先生、あそこは回船問屋ですよ」

お吉が言うと、「土佐の看板あげちょるんじゃ、話せばわかるき」

まったく臆する様子もなく、龍馬は土佐屋の方へ向かって歩きだした。すると同時に、土佐屋の主人らしき人物がこちらへ駆け寄ってきた。どうやら勝一行と上士らとのやりとりを見ていたらしい。

「私は土佐屋の主でございます。私も土佐の出身でございますが、日頃、土佐藩の上士からは横暴な振る舞いを受けておりました。先ほどは、胸のつかえがとれるような思いで見ておりました。さしたる御もてなしも出来ませんが、お酒をご用意させていただきますので、よろしければ是非ともお立ち寄りくださいませ」

周りを気にしながら、小さな声で龍馬に話しかけてきた。

「こりゃあ、渡りに船じゃあ。天はわしらに味方しちょるぞ！」

龍馬は喜び、一行は土佐屋に決めて酒宴を開くこととなった。

土佐屋では、海の幸を中心にした料理と酒が用意された。勝は、自分の前に龍馬らを並ばせると、一人ひとりに盃を持たせ、酒を注いでいった。そして最後に、自らの盃に水を注ぐと一同に言った。

「この盃は、晴れて自由になった者も含めて、今日の船出を記念する絆の盃だ。これからの時代は、日本は、殿様や上士どもが変えるんじゃねえ。おめえらが変えるんだ。よろしく頼むぜ」

勝はそう言い切ると、高々と盃を掲げ、一気に飲み干した。

（日本を自分たちの手で変える……）

その言葉に、龍馬らは体中の血が滾《たぎ》るような高揚感に包まれた。

そして、侍姿のお吉もまた、この時初めて、故郷に帰ってきた実感に包まれていた。皆、心は、今宵の月のように満たされ、いつまでも宴は続いた。

時を同じく、竹岡了尊住職は、宝福寺の一室でこの日の日記を記していた。

「当寺に逗留する、土佐前藩主、山内容堂侯の許に、幕府軍艦奉行並、勝麟太郎来たり、謁見をす。その時、坂本龍馬なる人物が住吉楼に待機すると聞く、勝曰く、この者、富士のようにでかい人物と評す也。又、懐かしき人来たり」

そして、龍馬の身を案じ続けていた樋口真吉もまた、この日の夜、文久元年十月に記した日記の頁を開いていた。そこには、土佐勤皇党時代に龍馬が初めて密命を背負い、藩を出立した際の記録が「十一日、坂竜……」と記録されていた。樋口は、坂竜の後ろの文字に「飛騰」の文字を力強く上書きし、「坂竜飛騰《ばんりゅうひとう》」と書き記すと、龍馬と同じ満月を見上げながら静かに筆を置いた。

樋口には、地上で力を蓄えた龍が天に向かって飛び上がる様が、確かに見えていたのであった。

坂本龍馬……この時はまだ、名もなき土佐の一脱藩浪人に過ぎなかった。

帰還

土佐屋で美酒に酔いしれた一行は、角谷に戻ると、折り重なるように眠った。

以蔵は、宿に帰るなり自らの刀を手に取り、それをしっかりと抱えながら眠りこけていた。相変わらず刀を放せない以蔵の姿に、勝と龍馬は顔を見合わせながら苦笑いを浮かべていた。そして、お吉は、酔い潰れた者の介抱を、甲斐甲斐しくしていた。しかし、その顔は、誰よりも幸せそうに輝いていた。

翌朝、前日あれほど荒れていた天気もすっかり治まり、すっきりと澄み切った空気が清々しい、雲ひとつない青空が広がっていた。それはまるで、勝一行の気持ちを代弁してくれているかのようだった。

勝は昨日の酔いどれぶりが嘘のように朝一番に起きると、龍馬らが眠る部屋に入ってくるなり大声で叫んだ。

「おめえら、いつまで寝てやがんだ。今日は出港日和だ！　とっとと起きやがれ！　順動丸が待ってるぞ！」

勝はもう一人、順動丸で首を長くして吉報を待ちわびている松浦のことが気になっていた。

「まだ、早いじゃろう」「先生、今日は元気じゃな」目を擦り渋る者たちを、龍馬は、「外へ出てみろ、ええ天気じゃぞ。目を覚ましや」と外へ促した。龍馬は、昨夜のことを思い返し、気持ちが高ぶって一睡も出来ずにいた。

「さあ、皆さん、起きてください。出発しますよ」

お吉は、一行がすぐにでも出発出来るよう、朝早くから握り飯を用意していた。

一行は、顔を洗うと外へ出た。一月中旬の朝の空気は冷たかったが、抜けるような青空に逆に気持ちが引き締まる思いだった。昨日上陸した折の緊張感が嘘のように、皆、空を見上げていた。一行は、お吉の用意した握り飯を急いで頬張ると、順動丸へ渡す小船に向かった。

お吉は、一足先に港に出て、海を眺めていた。

勝は、そんなお吉の後ろに立ち、

「お吉さん、すまねえな。折角の里帰りだっていうのに、急がせちまって。結局おめえさんには甘えっぱなしになっちまったな。これじゃ、帰って順子に叱られちまう」

と言うと、頭を掻いた。

「勝先生、今、私の目に映っている海も、そして空もこんなに青かったんですね……。私が子供の頃に見ていた景色と同じなんです。ハリスさんの所に行ってから、こんな気持ちでここから海を見ることとなんてなかった……下田にも二度と戻れないと思っていたのに。今の私には、はっきりと言えます。私、幸せです」

そう言うお吉の瞳には、朝日に輝く海の青がきらきらと輝いていた。

「そうかい……」勝はそれ以上何も語らず、お吉と同じ海を眺めた。

「お吉さん、行くぜよ」先に小船に乗っていた龍馬が手を差し伸べた。

「はい」お吉は最高の笑顔でその手を取って小船に乗り込んだ。

順動丸に向かう小船に乗った一行は、皆、順動丸の方向を見ながら、その遥《はる》か向こうにある海と空を見ていた。船に乗船すると、松浦が待ち構えるように出迎えてくれた。勝は、容堂侯から貰った扇を開き、松浦の目の前に差し出すと、

「苦労かけたな松浦さん、見てくれ、こいつらの自由を勝ち取ったぜ」

と勝ち誇ったように報告した。

「さすがは勝さんだ、これであんたの海軍操練所設立の夢に、また一歩近づいたな。この者たちは、きっと力になってくれるだろう。みんな、いい目をしとる。勝さん、あんたを信頼している目

だ。男を上げたじゃないか」

松浦はほくそえんだ。

「からかわねえでくれよ」勝は少し照れたように答えると、「珍しいこともあるもんじゃのう、勝先生が照れちょるぞ」龍馬がからかい、「うるせえ！」勝が吠えた。

そんなやり取りが可笑しくて、一同は笑っていた。

気を取り直した勝は松浦に尋ねた。

「松浦さん、順動丸の留守を預けちまって、すまなかったな。何か変わったことはなかったかい」

「ああ、みんな大人しいもんだった。昨夜は、私の、蝦夷地や日本中を旅した話を聞いてもらったが、みんな真剣に私の話を聞いてくれた。誰しも、自分が見てきた世界が全てだと思っている。でも、そうじゃない、違うんだということを話せば分かってくれるはずだ。勝さん、話すなら今のうちだと思うがね」

勝に諭すように言った。松浦は松浦なりに、幕臣らと勝と土佐藩士との間の蟠《わだかま》りを案じていた。

「すまねえ、松浦さんにまで心配かけちまったみてえだな。おい、近藤、皆を甲板に集めてくれ」

勝は何かを決意したように言った。

龍馬の土下座

近藤はすぐさま皆に声をかけ、全員が甲板に集まった。乗船者全員を前に、勝が口を開いた。

「昨日、下田の宝福寺において、土佐の山内容堂侯に謁見し、この者たちの脱藩の罪を許してもらい、この勝が身柄を預かることとなった。この扇がその証だ」

勝は、再び扇を開き、皆に指し示した。

続けて、「よって、この者たちは誰に何を憚《はばか》ることのない、私の弟子たちとなった。これから日本は大変な世の中になる。今の日本じゃ、親藩、譜代の藩はおろか、外様の雄藩である、長州、薩摩、土佐などが加わったところで、異国には太刀打ちできねえだろう。

ところが、今、京都では、攘夷、攘夷と唱え、すきあらば幕府に取って代わろうとする輩がごろごろしてやがる。一つになっても勝てない国が、どうして異国に太刀打ち出来るってんだ！　しかも、幕府の屋台骨は腐ってる。こいつらを抑える力はねえときてる」

そんな勝の過激な言葉に、「勝、臆したか！」と興奮した一人の幕臣が刀に手をかけ、前に出てきた。龍馬が慌てて、勝の前に飛び出した。

勝は、そんな龍馬を片手でどかすと、「話は最後まで聞きやがれ！」その幕臣を一喝した。余りの迫力に、その者は後ろに下がった。

「いいか、今、おめえさんが言った言葉は、攘夷、攘夷と叫んでいる連中と一緒なんだよ。本当にこの国を守りたかったら、まず、この国が一つになることだ。そして、異国から学ぶことだ。心を無にしろ、身分や立場なんぞ、海に捨てちまえ！　この船の中には、生まれも育ちもまったく違う者が大勢いる。だがな、この小さな船ひとつが纏《まと》まんねえようなら、国を纏《まと》めるなんざ、夢のまた夢じゃねえのかい。おいらは、海軍操練所が設立の暁には、身分や出身藩など一切不問、全国から志ある者を募るつもりだ。国を一つに纏める先駆けとなるつもりだ。これが分からん奴は、今すぐ船を降りてくれ」

そんな勝の言葉に誰も答える者などいなかった。

その時である、龍馬は跪《ひざまず》くと、幕臣らに向かって話し始めた。

「わしゃあ、おまさんらから見たら、土佐の田舎者、ただのお調子者かもしれん。じゃが、わしゃ勝先生に惚れた。そして、仲間に助けられて今があるがで、一人じゃ何も出来ゃせん。わしゃもっと知りたいんじゃ、日本を守りたいんじゃ、力を貸してくれんかのう」

深々と頭を下げた。大柄で、剣は北辰一刀流の腕前の龍馬が、弟分らの目の前で土下座をしている。

（勝先生が望むのなら、わしゃ何でもしちゃる……）そんな気持ちの表れだった。

望月、千屋、近藤、沢村……、そしてあの以蔵、お吉までもが、その姿に呼応するように一様に土下座をし、「お願いします」と頭を下げた。

その行為は最早、理屈などではなかった。そして、いつまでも頭を上げない彼らに、幕臣側から一人一人が歩み寄り、「頭を上げてくれ」「もう、分かったから」「俺たちも悪かった」と声をかけ、皆を立たせた。

そんな光景を見ながら、松浦は勝に囁《ささや》いた。

「勝さん、あんなことは、勝さんには無理だねえ。坂本龍馬か、人を動かすことにかけちゃ、あんたより上かもしれないよ」

「ああ、我が弟子ながら、末恐ろしい男だよ」

勝の表情は満足気だった。

祝砲

龍馬の土下座によって、あれほどぎこちなかった幕臣と土佐藩の者たちは、心を一つにしていた。順動丸出港の準備がすっかり整い、いざ出港というところで、勝と龍馬の許にお吉がやってきた。

お吉は、「出港前にお願いがございます。出港の合図に、私の持っている銃を撃たせていただけませんでしょうか」そう二人に申し出た。

勝は、「お吉さんの頼みにゃ、いつも驚かされてばかりだ。そりゃ構わねえが、あの銃は、ハリスさんから貰った大切なもんなんだろ、いいのかい」と、お吉に尋ねた。

「あの銃をお守りとして持っているだけでは、これからも、皆さんに守られるだけのお吉でしかありません。私は昨夜、勝先生が命がけで脱藩赦免を勝ち取ってこられた時、あの下田富士に、生まれ変わることを誓ったのです。守られているだけの自分はもういやなんです。新しい船出の時に、今までの弱い自分と決別したいのです」

その目は真剣だった。

「守られているなんてとんでもねえ。今までだって、どれだけお吉さんに助けられてきたことか……。おめえさんは、今までも、命がけで自分の信じる道を通してきたじゃねえか。もう十分だと思うがな……。弱くなんてねえ、生まれ変わる必要なんてねえだろう、まったく、どこまで自分に厳しいんだい……」

驚いた顔の勝が答えた。

すると、隣で聞いていた龍馬が言った。

「勝先生、こりゃ、お吉さんのけじめじゃ。強いとはいえ、下田港に立ち寄ると聞いたときのお吉さんは不安げじゃった。心のどこかに、故郷への蟠《わだかま》りや、自分への不安があったがよ。じゃが、今はもう吹っ切れちょる。それを形にしたいだけじゃ」

（あんな状況の中でも、私のこと、見ていてくれていたんだ……。そして、私の気持ちも……）

龍馬の言葉に、お吉は驚いていた。

「龍さんは、お吉さんのこと、一番よく分かっているみてえだな。ちょいと妬《や》けやがるぜ」

勝は、二人を眺め、微笑みながら呟いた。

次の瞬間、「よーし、新たな船出に祝砲をあげようじゃねえか！」勝の声が響いていた。

出港を目前に、順動丸の先端に、お吉は銃を構えて立った。

そして、その後ろには、勝や龍馬、松浦、そして土佐藩士や乗船する幕臣たちが立ち並び、お吉の合図を、固唾《かたず》を呑んで見守っていた。

様々な思いがお吉の胸を去来し、中々引き金を引けないお吉の後ろに龍馬は立ち、お吉の両肩を後ろから優しく摑《つか》むと、「お吉さん、狙いはもう少し上じゃ。天に、生まれ変わったお吉さんを見てもらおうぜよ。なーに、わしが後ろで支えちょるき、心配いらん、思いっきり撃ちや」と、お吉を励ますように促した。

「はい」お吉ははっきりと龍馬に答えると、その目は遥か空を見つめ、銃口を空に向けた。

（パーン！）

発射された銃声が、余韻を残しながら、幾重にも空に響いた。そして、銃を撃った反動で、お吉は龍馬に身体を預けていた。

それは、新しい時代への幕開けを告げる、祝砲でもあった。

坂の上で

下田を出港してからの航海は順調そのものだった。空は晴れ渡り、海も静まっていた。

もうすぐ江戸に着くという頃、龍馬とお吉は並んで甲板に立ち、同じ海を見ていた……。

お吉は海を見ながら、龍馬に話しかけた。

「私、坂本様に会えてよかった。真っ直ぐに生きることを教わった気がします」

「わしもお吉さんに会えてよかったぜよ。お吉さんに会えんかったら、勝先生とも会えんかったかもしれん。まっこと、人の出会いとは不思議なもんじゃ。それに、ほんに強いのは女子じゃて、お吉さんに教わったきの」

龍馬も海を見ながら、お吉に答えた。

「まあ、私はそんなに強くありませんよ」お吉は、そう言いながら微笑んだ。

そんな二人の横から、勝が覗き込んだ。

「そうでもねえぜ。こうして見ると、まるで、龍さんが二人いるようだな。お吉さん、侍姿も板についてきたじゃねえか」

「まあ、勝先生まで……」

勝と龍馬の間に挟まれた、幸せそうなお吉がいた。

「そうだ、お吉さん、神戸を出る前、江戸にお吉さんが立ち寄るからって、順子に手紙を書いといたんだ。順子のことだ、おいらの屋敷に来てると思うから、是非、立ち寄ってくんな」

お吉にとって、何よりも嬉しい誘いだった。

一行は、順調に航海を終え、ほどなくして江戸に着いた……。

そして、勝は、波乱の旅を終えた男装のお吉に労《ねぎら》いの言葉をかけた。

「お吉さん、慣れない航海に、慣れない侍姿、さぞ疲れたろう。着替えの着物を用意させてるから、着替えてくんな。屋敷で順子らが待ってるに違いねえ」

「勝先生、私、この侍姿のまま、順子さんに会いに行きたいんです。勝先生のお屋敷から京都に送っていただいた時は、強がってはいましたけど、本当は不安で、怖くて、逃げ出してしまいたかった……。でも、今は、坂本様や皆さんとの絆が私の誇りなんです。このままの姿で、少しは強くなった姿で、順子さんに会いたいんです」

お吉は勝に願い出た。

「そりゃ構わねえが、順子のやつ、きっとびっくりするぜ」

悪戯好きの勝は、その話にすぐに乗った。

後ろで龍馬が、「お吉さん、わしらは、勝先生の命で、ここから行かにゃならんところがある。ここでいったんさよならじゃ。なーに、同じ道を歩いとるんじゃ、また、いつか会えるきに」と笑顔で告げた。

その横で以蔵が、「お吉さん、元気でのう」と名残惜しそうに別れを告げた。

「以蔵さん、余り無茶しちゃだめですよ。私、何度となく以蔵さんが守ってくれようとしたこと、一生忘れませんから」

お吉は、優しく言った。

以蔵が「また会え……」と言いかけた後ろから、「お吉さん」「お吉さん」と、次々と土佐の若者に囲まれ、以蔵の声はかき消されてしまった。

一行と別れた、勝と松浦、そして男装のお吉は、赤坂氷川町にある勝の屋敷を目指して、あの懐《なつ》かしい、長い坂道を上っていった。

お吉は、九か月前の自分を思い出していた。夕暮れ時の寂しげなこの坂道を、不安な気持ちをいっぱい抱え、勝の背中を追いかけて歩いていた、あの時の自分を……。

お吉が目指す坂の上には、眩《まばゆ》いばかりの太陽が輝いている。風は冷たかったが、侍姿のお吉は颯《さっ》爽《そう》と上り坂を歩いた。そして、あの時と違い、はやる足取りのお吉の後ろを勝らが歩いていた。

あの懐かしい、勝家の門が見えるところまで来ると、門の前の石段に座っている女性の姿が見えた。

（順子さんだ……）

お吉は、力強く大地を蹴り、走り出していた。

その時である……。

（ぶわっ）駆け出すお吉の背中を見送る勝と松浦の耳元には、あの荒々しくも清々しい風が余韻を残して届いた。

順子は、大きな声で屋敷の中に呼びかけたようだった。すると、一人、二人……少しだけ大人になった子供たちの姿、そして、民子の姿。

侍姿であることなど、まるで気にかけもせず、「お吉さーん」と大きく手を振りながら順子も駆け出した。

その二人の姿は、坂の上の眩《まばゆ》い太陽の光の中に溶け込んでいった。

終わりに　―それからの龍馬とお吉―

この下田であった謁見の翌月、龍馬は、京土佐藩邸にて形式的に七日間の謹慎をさせられた後、正式に脱藩が赦免されている。三月には藩庁より航海術修業が命じられているのであるから、まさに異例のスピードである。

さらに、この年の十月、帰藩命令を拒否し龍馬は再び脱藩の身となっている。

しかし海舟は、この時の容堂との約定を持ち出しては、今まで以上に龍馬を重用し、生涯、その証である扇を手元に置いている。

龍馬このとき二十九歳。京の近江屋で暗殺され、三十三歳の短い生涯を終えるまで四年余り。その間、神戸海軍操練所の設立に尽力し、塾頭として東奔西走、まるで海舟がもう一人いるかのように、その手腕をふるう。しかし、この時行動を共にしていた、望月亀弥太が池田屋事件で死亡、禁門の変では、海軍操練所の塾生が長州側に加わるなどの動きがあり、操練所の存在を危険視した幕府は、海舟を軍艦奉行から罷免し、謹慎を申し渡した。事実上、海舟の海軍構想は終焉を迎える。

幕臣でありながら常に大局に立って行動していた海舟は、結果として、その立場を失うことになった……。

海舟の許を離れた龍馬は、仲間の死を乗り越え、まるで海舟の夢を実現に導くように、長崎で「亀山社中」(後の海援隊)を設立。縦横無尽に大藩の間を行き来し、ついには薩長同盟の実現を果たし、大政奉還が成ったのを見届けるかのようにこの世を去る。

その翌年、龍馬の遺志を継いだ形で、勝海舟が「江戸城無血開城」を成し遂げている。

海舟から龍馬に手渡されたバトンは、時代の波をかき分け、また龍馬から海舟へと手渡されたと言える。

そして、この時同行していた岡田以蔵は、その後、龍馬の依頼により海舟の護衛を務めるなどしたが、その身を新撰組と同様に維新の暗部に投じ、「人斬り以蔵」として斬首され、学問好きであった近藤長次郎も、英国留学の夢のために、亀山社中の規約を破り、心ならずも切腹する。龍馬が社中を留守にしている時の出来事であった。

「日本を変える」と夢見た若者は、その多くが明治の世を見ることがなかった。

そして、お吉はというと……この時より明治維新に至る五年間の記録は全く見当たらない。明治になって歴史に忽然と姿を現したお吉は、鶴松と再会し、安直楼という酒場を営むも、「唐人」という十字架を背負わされ失敗、心ない人々の嘲りに耐えきれず酒に溺れ、身体を壊し、不幸な最期を遂げてしまうのである。

そしてこれが、世に知られる「唐人お吉」の物語である。

しかし、身を落とし、いくら生活に困っても、同情や施しが大嫌いであったという話もある。お吉には、捨てられぬ誇りがあったのだ。

龍馬は死して英雄となった。お吉は生き延びたが故に、それも女性であるがために、不幸な人生を歩むこととなった。

同時代を生きた女性に、かの有名な、篤姫、和宮がいる。「江戸城無血開城」においての彼女らの功績は大きく、最近では見直されてきてはいるが、歴史における女性の話は、とかく「悲劇」に仕立てられることが多い。徳川家の最高位にいた女性をもってすら、そんな扱いであるのだから、町娘のお吉は、格好の悲劇のヒロインである。

この物語を書く前、冒頭で私は、「献身」という言葉をお吉に贈った。それはもちろん、お吉を弁護する意味において、この言葉を使ったはずだった。

だが物語を進めていくうち、「そうじゃないの、私は時代に身を捧げたんじゃなく、自分の意思で幕末という時代を生き抜いたの」というお吉の言葉が聞こえてくるようになり、物語の中でお吉の行動を制御することは難しくなっていった。

そして、その姿はどんどん龍馬と重なり、最後の、侍姿のお吉が力強く坂道を駆け上がり、順子に飛び込んでいく様は、私にとって、坂本龍馬そのものになっていた。

この物語を書き終え、もう一つ、私の心に強烈な存在感を残した人物がいる。「松浦武四郎」である。海舟や龍馬といった幕末のトップスターに比べると、この時代における一般的な知名度は低いが、調べれば調べるほど、この人物ほど偏見なく純粋に人に接し、そして行動に移していった人間はいない。武四郎は、和人がアイヌ民族に加えた非道な行為を暴露するため、和人の番人に慰みものにされ、梅毒をうつされて廃人になり山奥へ捨てられたアイヌの女性を、石狩川を舟で八日もかかって訪ねている。

作家の司馬遼太郎氏はその足跡を訪ねながら、「キリスト教によらざる人類愛の人だった」と最大の賛辞を贈っている。また、松浦と下田との関わりも興味深い。安政元年（一八五四）、宇和島藩の依頼を受け、ペリー一行の様子を調査、安政大地震の津波により下田の町が壊滅状態となっている描写を含め、『下田日誌』という記録書を残している。この年は、お吉が芸妓になった翌年であり、人生の転換期でもあった。また、同時期に吉田松陰が下田で密航を企て失敗し、投獄されている。武四郎と松陰とはそれ以前より、海防論を夜更けまで語り、一つの布団に二人で枕を並べて寝たことが記されているほど親密な間柄だった。

当時、「海防論」についてのスペシャリストと言えば勝海舟である。坂本龍馬と勝海舟は、この下田での謁見のあった翌年、再び下田にて蝦夷地開拓の話をしている。龍馬は、蝦夷地開拓を生涯の夢とし、龍馬の死後、子孫がその夢を受け継いで北海道へ移住するほど、その思いは強かった。

そして、「蝦夷地」と言えば、松浦武四郎をおいて右に出るものはいなかった。松浦武四郎とお吉、そして、坂本龍馬と勝海舟の関係には、史実以上に、糸が絡み合うような「必然」を感じるのである。

宝福寺に一体のお吉人形が展示されている。昭和三十七年、京都の二条城にて開催された、明治天皇五十年祭記念「風俗大展覧会」に展示されたのを貰い受けたものである。

お吉は、日本を代表する女性として紹介され、そのモンタージュ製作に日本画壇の巨匠といわれる伊東深水、鏑木清方、前田青邨の三名が携わり、考証は江馬務、人形制作には伊藤久重（人形師）と、当代一の豪華な顔ぶれがその製作にあたっている。そして、髪の部分には、祇園の芸妓達の地髪を少しずつ集めた「生き髪」が使用されている。

京都には、「京都所司代に呼ばれたお吉は、ハリスの本意を聞かれ、ペリーとは違い、日米の通商を通じて、日本が開かれた国々の仲間入りをし、共に栄えていくために江戸で条約を結んだという ことを述べた」との伝説も残っている。根っからの京都の人であると信じる者もいるぐらい、京都に残したお吉の足跡は確かなもののようだ。

龍馬とお吉、幕末の光と影、ここに書いた物語を「絵空事」と呼ぶ人がいるかもしれない。だが、私は、誰が何と言おうと、笑顔で駆け抜けた、お吉の輝ける歴史があったことを、飛ぶように

お吉人形（宝福寺所蔵）

生きた時があったことを、心に強く信じている。

最後に、この物語を書くきっかけを与えてくださった、物語の舞台、宝福寺の住職、竹岡幸徳様、そして、「ほんとうにこうだったら……」と、この物語を涙ながらに読んでいただいた、私の知る限り、お吉さんの最大の庇護者である、夫人の竹岡宏子様との絆と友情に深く感謝申し上げたい。

著者プロフィール

石垣 直樹（いしがき なおき）

昭和40年3月生まれ。静岡県下田市出身。
東京の会計事務所に5年間勤務し、平成3年に帰郷。
下田商工会議所に3年間勤務の後、平成6年4月に
社団法人伊豆下田法人会の事務局長に就任し、現在に至る。

お吉と龍馬 風の出会い

2009年3月15日 初版第1刷発行
2017年10月25日 初版第6刷発行

著 者 石垣 直樹
発行者 瓜谷 綱延
発行所 株式会社文芸社
〒160-0022 東京都新宿区新宿1－10－1
電話 03-5369-3060（代表）
03-5369-2299（販売）

印刷所 株式会社エーヴィスシステムズ

ISBN978-4-286-06349-2